लकीर तथा अन्य कहानियाँ

आर्य प्रकाशन मंडल

गांधीनगर, दिल्ली

लकीर तथा अन्य कहानियाँ

उर्मिला शिरीष

ISBN—978-81-89982-49-2

प्रकाशक
आर्य प्रकाशन मंडल
IX/221, सरस्वती भंडार, गांधीनगर
दिल्ली-110031

संस्करण
2014

आवरण
नरेन्द्र श्रीवास्तव

मूल्य
दो सौ पचास रुपये

मुद्रक
बी०के० ऑफसेट
नवीन शाहदरा, दिल्ली-110032

LAKEER TATHA ANYA KAHANIYAN (Stories in Hindi)
by Urmila Shirish
Price : Rs. 250.00

क्रम

मृत्यु पर्व : एक कवि की मौत का जश्न

मैंने जब घंटी बजाई तो इसी इंतजार में था कि दो-तीन बार घंटी के साथ दरवाजा खटखटाने के बाद ही मित्रवर दरवाजा खोलेंगे। यदि वह बीड़ी फूँक रहे होंगे तो पहले पूरी बीड़ी फूँकेंगे फिर उसके ठूँठ को रगड़कर बाहर फेंकेंगे···पंखा चलाकर धुआँ तथा बदबू उड़ाएँगे···या फिर कोई किताब पढ़ रहे होंगे तो पहले पूरा पैरा या पृष्ठ समाप्त करेंगे—पृष्ठ को मोड़ेंगे उसके बाद 'सॉरी यार, इंतजार करना पड़ा' कहते हुए आकर दरवाजा खोलेंगे। इस बीच आगंतुक का धैर्य बना रहे तो ठीक अन्यथा वापस लौटना उसकी विवशता होती है। लेकिन इस बार पहली घंटी बजाने पर ही दरवाजा खुल गया तो मैं समझ गया मित्रवर घर पर नहीं हैं और फिर कोई अतिथि हमेशा की तरह विराजमान है। यह घर अतिथियों के लिए बारहों महीने खुला रहता है···। मित्र की पत्नी बाहर नौकरी करती हैं—उन्हीं के साथ इकलौता बेटा रहता है। तबादले के लिए वे कई बार प्रयास कर चुके हैं। यहाँ तक कि रिश्वत न देने के सिद्धांत का उल्लंघन करते हुए बीस हजार रुपए भी खिला चुके हैं, पर आज तक की तारीख में न आदेश निकला और न पैसे वापस हुए। जैसे यार लोग या जरूरतमंद लोग उनका पैसा वापस न करना अपना धर्म समझते हैं वैसे ही इन पैसों का वापस होना असंभव था। शासकीय अधिकारियों से पैसा वापस मिलना नदी में से सिक्का निकालने जैसा होता है। पत्नी ने भी जोर नहीं डाला। जानती हैं पति की साधुवृत्ति दुनियादारी के लायक नहीं है, इसलिए पत्नी की अनुपस्थिति में यहाँ का वातावरण काफी मुक्त रहता है। स्त्री के रहते हुए जो बाधा-बंधन होते हैं, वे यहाँ···नहीं होते। दोनों वक्त खिचड़ी···लौकी-कद्दू की सब्जी या कोई मौसमी साक-भाजी। अचार-नमकीन के साथ चार-पाँच बार की चाय उपलब्ध रहती है। आने वालों के सारे खर्चे बच जाते हैं और मित्र लोग दो दिन की बजाय एक-डेढ़ हफ्ते आराम से बिता देते। दरवाजा खुला तो मैंने देखा एक चालीस-पैंतालीस वर्ष का सुदर्शन व्यक्तित्व वाला व्यक्ति तौलिया लपेटे सामने

खड़ा था···आधा दरवाजा बंद किए। धूप का हलका टुकड़ा उनके माथे पर पड़ रहा था। उन्हें देखकर मैं चौंका, क्योंकि वे मेरे लिए नितांत अपरिचित थे। अपने सौम्य चेहरे पर हलकी-सी स्निग्ध मुस्कान लाते हुए उन्होंने कहा, "आइए! आइए! डॉक्टर साहब अभी लौटे नहीं हैं।" सोफे पर बिखरी किताबों-पत्रिकाओं तथा दैनिक समाचार-पत्रों को समेटते हुए उन्होंने कहा, "आप यहीं बैठिए।"

"उन्होंने मुझे साढ़े नौ बजे मिलने को कहा था।"

"आते ही होंगे। दूर तक निकल गए होंगे पदयात्रा पर।" इस बार उनकी आवाज में हलकी-सी हँसी थी।

"मुझे डॉ० वर्मा कहते हैं।" मैंने अपना परिचय इस आशय से दिया कि कहीं ये महाशय मुझे मरीज न समझ बैठें।

"मैं डॉ० महेन्द्र का मित्र हूँ।"

"क्या लेंगे आप चाय या पानी?"

"आप कष्ट न करें। मैं कुछ भी लेने के मूड में नहीं हूँ। जरूरी काम से आया था।" मैंने टेबल पर बिखरी किताबों को पलटते हुए कहा। किताबें ही नहीं पेन तथा टेबल लैंप भी खुले थे और बल्ब की तेज रोशनी में उनका चेहरा और भी ज्यादा पीला लग रहा था।

"आप आराम से बैठिए···चाय पीजिए। महेन्द्र आते ही होंगे।" उन्होंने दोहराते हुए कहा। हालाँकि उन्होंने अब तक अपना परिचय नहीं दिया था। फिर भी मैं उनके व्यक्तित्व से स्वयं को घिरा हुआ महसूस करने लगा। मेरे मन में उनके बारे में जानने की जिज्ञासा जाग उठी। मैं सोफे पर पसर गया।···वे पूर्ववत् लिखने के लिए बैठ गए···उनकी आँखों तथा नाक के बीच बारीक फ्रेम का सुंदर-सा चश्मा रखा था। लिखते हुए बीच-बीच में वे मेरी तरफ देख लेते। मैंने गौर किया कि सारी भव्यता के बावजूद उनके भीतर बेचैनी का भाव था। वे स्वयं में होने का अभिनय जरूर कर रहे थे, पर वे स्वयं से बाहर थे। उनके चौड़े माथे पर गहरी रेखाएँ साफ दिख रही थीं। लिखने में भी उनका मन नहीं लग रहा था। शायद मेरी उपस्थिति के कारण या एकांत में पड़ी बाधा के कारण।

बिना परिचय के मैं उनसे कोई बात नहीं करना चाहता था··· । शायद वे मेरी असहजता को भाँप चुके थे, इसलिए चश्मे से देखते हुए बोले, "डॉक्टर साहब, मैं आपके मित्र का बड़ा साला हूँ और दो-तीन दिन से सारी दुनिया से भागकर यहाँ बैठकर एक पुस्तक का अनुवाद पूरा करने की कोशिश में लगा हूँ। मुझे साहिल सरहद कहते हैं।" उन्होंने जिस आत्मीयता से परिचय दिया उससे मैं क्षणों पहले

की असहजता भूल अभिभूत हो उठा।

"ओह, तो आप हैं साहिल सरहद! आपका नाम तो साहित्य समाज में सभी से सुनता आया हूँ। महेन्द्र जी जिक्र करते रहते हैं। आपका संग्रह मेरी पत्नी के पास है। चलिए···इस बहाने आपसे परिचय तो हुआ···सौभाग्य मानूँगा मैं तो अपना··· ।"

"अजी डॉक्टर साहब, सौभाग्य तो मेरा है कि आपके दर्शन हो गए।"

यह बात इस लहजे में किसी और ने कही होती तो मुझे व्यंग्यात्मक लगती और मैं भी—पत्नी के शब्दों में प्याज की तरह छीलकर रख देता—छोड़ता नहीं, पर उनकी सहजता ने मुझे व्यंग्य से बचा लिया था। फिर हमारे बीच कुछ ऐसी चर्चाएँ चलीं कि दो-ढाई घंटे तक हम बातें करते रहे। चाय-सिगरेट चलती रही। उन्होंने टेबल लैंप बंद करके कागजों को उलटकर रख दिया था। चर्चा मार्क्सवाद-पूँजीवाद से लेकर आधुनिकता तथा बाजारवाद तक आई। राजनीति और समाजवाद पर हमारी बात हुई। कुछ देर के लिए मैं भूल ही गया था कि मैं महेन्द्र से मिलने आया था। बातचीत से पता चला कि उन्होंने देशी ही नहीं विदेशी साहित्य भी पढ़ रखा था और विचारधाराओं पर उनका अध्ययन गहन तथा व्यापक था। वे मुझे आधी सीढ़ियों तक छोड़ने आए। वहीं ठिठककर बोले, "अरुण, नीचे तक नहीं आ सकूँगा।" इस बीच वे मेरा नाम लेने लगे थे, यानी अनौपचारिक हो उठे थे। जाते-जाते मैंने कहा, "आपकी कविताओं में गहरी उदासी तथा अज्ञात के प्रति जिज्ञासा की भावना होती है···इसीलिए हृदय को सीधे बींध जाती है···हालाँकि मैंने पूरी कविताएँ नहीं पढ़ी हैं और न मैं कोई आलोचक या समीक्षक हूँ। सीधा-सादा पाठक हूँ और एक पाठक के नाते हस्तक्षेप करता हूँ। अपने अधिकार का इस्तेमाल।···बस, इतना जानता हूँ कि कविता अच्छी हो या बुरी। आपसे मिलकर लगता नहीं कि आप इतनी निराशा, वेदना तथा अकेलेपन की कविताएँ लिखते होंगे।"

"क्या वाकई तुम्हें मेरी कविताएँ पसंद हैं—मैं गौर करूँगा कि तुमने 'बींध जाती है' शब्द का प्रयोग किया है··· । अरुण, कवि का एक भीतरी मनोजगत् भी तो होता है··· । तुम तो डॉक्टर हो, शरीर के साथ मनोविज्ञान भी समझते होगे।"

"निश्चय ही···अनुभूत सत्य का बोध मुझे इन कविताओं को पढ़कर हुआ।"

क्षणों तक वे चुप खड़े मेरा चेहरा देखते रहे। मुझे लगा हमारे दरम्यान मौन कुछ ज्यादा ही लंबा खिंच गया है। बियाबान-सी खामोशी···जैसे निःशब्द···गुजरती ···परछाइयाँ···खड़ी हों!

"अरुण, तुम काफी दिलचस्प और सच्चे इंसान लगे। आजकल तो लोग मुखौटे ओढ़े रहते हैं, पर तुमसे मिलकर लगा कि अब भी सच कहने वाले लोग हैं। यार, कभी-कभी मन करता है, इस परिचित दुनिया से दूर चला जाऊँ। एक लंबी अनजान रेलयात्रा पर, जहाँ कोई मेरे साथ न हो···।"

मैं उन्हें देखता रहा। उनकी आँखों में कुछ काँपा था···वह क्या था–भय–अकेलापन···क्षोभ···या···कुछ और। मैंने कहा, "भाई साहब, यदि आपका मन ऐसा करने को करता है तो जरूर जाइए। मनुष्य हमेशा ही तो दूसरों की इच्छानुसार···दूसरों के लिए जीता है, करता है। उसका अपना रह ही क्या जाता है? मैं और महेन्द्र तो रात के दो-दो बजे तक चाय के ठेलों पर स्टेशन पर या दूर कहीं निकल जाते हैं···। ये जगत् और जीवन जैसा दिखता है, वैसा होता नहीं। कभी तो मन की बात सुननी चाहिए···साली जिंदगी होती कितनी-सी है···आज यहाँ कल पता चला स्वर्गलोक में पहुँच गए। हाँ, अपना पता-ठिकाना जरूर बताते रहें ताकि आपसे संपर्क किया जा सके···। इतना विश्वास दिलाता हूँ कि यदि आप नहीं चाहेंगे तो मैं किसी को भी आपके बारे में नहीं बताऊँगा।" कहकर मैं शेष सीढ़ियाँ उतर गया। वे अब भी उन्हीं सीढ़ियों पर खड़े थे। वह मुद्रा, वह चेहरा ···वे कुछ खोजती हुई-सी आँखें! बस, यही छवि मेरी स्मृतियों में अंकित थी। पहली और अंतिम मुलाकात। इसी मुलाकात के दौरान उन्होंने अपने बेटों तथा परिवार के बारे में बताया था। उनका आशय था कि जो कुछ भी संभव है वे··· कर रहे हैं, पर अंत में इसी नतीजे पर पहुँचे हैं कि परिवार तथा बच्चों को भी खुश नहीं किया जा सकता है। सबको खुश करते-करते वे खुद से कितने नाखुश थे! उनके भीतर स्वयं को लेकर, अपने लेखन को लेकर कितनी कसक···कितनी गहरी पीड़ा और द्वंद्व था···शायद किसी को इस बात का आभास तक न था···। इसीलिए दिन ब दिन वे लापरवाह और स्वमुक्त होते गए थे···। जीवन के प्रति बेवक्त आया वैराग्य उनको अपनी गिरफ्त में ले चुका था।

सुबह से आलू उबलने के लिए रख दिए थे। करीब पच्चीस-तीस लोगों के लिए पूरी-सब्जी बनाकर ले जानी थी। तीन दिन तक वहाँ चूल्हा नहीं जलना था। रात में ही बोलकर आया था कि दोपहर का भोजन लेता आऊँगा। मैं जल्द-जल्द आलू छीलने लगा। पत्नी आटा गूँध रही थी। मध्यमवर्गीय जीवन में हर रोज व्यवस्था जमानी होती है···पत्नी का कॉलेज। बच्चों का स्कूल। खुद का क्लीनिक···! सबसे मिलना-जुलना···यानी जीवन से जुड़ी तमाम व्यावहारिकताएँ और औपचारिकताएँ!

मैं आलू छीलता जा रहा था, पर आँखों के सामने वही कल वाला दृश्य घूम रहा था। आलू की जगह वही-वही चेहरा…आ जाता…। बार-बार आलू हाथों से खिसककर गिर जाते…उबले आलू चिकने जो हो जाते हैं, पर क्या आलू चिकनेपन के कारण हाथों से छूट रहे थे…? या मेरे मन में जीवन के अंतिम दृश्य का भय बैठा हुआ था? लकड़ियों में छुपता उनका वो चेहरा! वे आँखें! अंतिम यात्रा चार बजे आरंभ हो पाई थी, क्योंकि बड़े भाई को पहुँचना था। परसों शाम उन्होंने इस संसार से विदा ले ली थी…। तीसरा हार्ट अटैक था, मात्र सैंतालीस वर्ष की आयु में। डॉ० महेन्द्र ने आई०सी०यू० में उनको स्पष्ट बता दिया था कि आप बच नहीं पाएँगे। जो कुछ कहना चाहते हैं, कह दीजिए। ऐसी निष्ठुर बात एक डॉक्टर ही कह सकता है, वो भी महेन्द्र जैसा डॉक्टर जो डॉक्टर कम, संत ज्यादा है। निर्मोही! निर्विकार! सुख-दुःख से निरपेक्ष पत्नी, दो युवा पुत्र तथा एक पुत्री को छोड़कर वे चले गए थे। मैं पूरे समय…साथ में था। श्मशान घाट पर श्रद्धांजलि सभा में सबके अमृत वचनों को सुनता रहा। चिता के विविध विकराल…और शांत रूपों को देखता रहा…। हर रूप में वे मुझे सीढ़ियों पर खड़े नजर आते रहे…। भव्य व्यक्तित्व के साथ उदारमना! शहर का अपार जनसमूह उमड़ पड़ा था। आत्मीयजनों का प्रलाप। भाँति-भाँति के लोगों के मनोभाव यानी पूरे प्रसंग का सार यह था कि हमने एक हीरा खो दिया है। एक प्रखर प्रतिभासंपन्न कवि। जिम्मेदार पिता! बेहद प्यारा इंसान। आत्मीय मित्र। उदारमना…संघर्षशील व्यक्ति! उस जैसा विरल कवि, कहानीकार इस समय है ही नहीं। उसे बहुत आगे जाना था—मन में आया था कह दूँ कि जीते-जी तो आप सबने उस हीरे की कद्र की नहीं। क्यों नहीं उसकी बायपास सर्जरी या एंजीयोप्लास्टी करवाई? क्यों नहीं उसे शराब, सिगरेट पीने से रोका? क्यों नहीं उसको वो सम्मान, वो पहचान…वो पुरस्कार दिए, जिसका वह हकदार था? क्यों अपने-अपने मठों की ओर खींचते रहे और जब वो तुम सबके इशारों पर नहीं चला तो उसकी उदासीनता से आहत और तल्ख होकर उसको खत्म हो जाने दिया।

कड़वाहट से मेरा मन भर गया था। मैं मनुष्य के होने न होने की खोह में प्रवेश कर गया। इस घटना ने मुझे अंदर तक हिला दिया था, जबकि उनसे मेरा सीधे-सीधे कोई संबंध नहीं था। विगत दो दिनों से सबके बीच उठने-बैठने से जो जानकारी मिली उससे साफ पता चला कि वह व्यक्ति हद दर्जे का लापरवाह था। जिंदगी के प्रति बेहद गैर-जिम्मेदाराना अंदाज! असंपृक्त। वैसे घर में औसतन किसी चीज की कमी नहीं थी। बेहद खूबसूरत प्रेमिकारूपी पत्नी! ठीक-ठाक

सरकारी नौकरी, सरकारी आवास। और क्या चाहता है मनुष्य परमात्मा से? भाग्य से! अपने आप से! भरा-पूरा जीवन फिर भी वहाँ खुशियों की जगह दुःख था। निराशा थी; कुंठाएँ थीं। घोर असंतोष में डूबे लोग। क्या कलाकारों, कवियों या साहित्यकारों की यही नियति होती है या फिर वे अपने आंतरिक दुःखों का, अभीप्सा का ऐसा संसार रच लेते हैं? ये कैसा साहित्य है? कैसी संवेदना है और कैसी मित्र-मंडली! जो एक इंसान को न बचा सकी, जो...इंसान की जिजीविषा को बढ़ाने की बजाय मृत्युद्वार पर धकेलती है। 'तुम उसके व्यक्तित्व के मोहपाश में बँध गए! वह सामान्य इंसान था ही कहाँ? क्या अपनी सुंदर बीवी को प्यार कर लेना, अपनी औलादों पर स्वयं को न्यौछावर कर देना...यही महानता होती है तो फिर हर आम आदमी महान् क्यों नहीं होता...!'

तरह-तरह के सवाल मेरे दिमाग में आ-जा रहे थे। मन में एक त्रिकोण बनने लगा, जिसके एक छोर पर महत्त्वाकांक्षाएँ थीं...दूसरे पर अपेक्षाएँ...दोनों अपनी-अपनी भुजाओं से मिलकर एक कोण बनाते हुए मिल रहे थे—जहाँ दिशाभ्रम था...। मुझे जीवन एक चाय की प्याली की तरह समझ में आने लगा। शक्कर-पत्ती और दूध-पानी। जो इसे संघर्ष की आग में उबाल लेता है, उसे ही उसका स्वाद मिलता है। उपयुक्त मात्रा का ज्ञान तो अनुभव से ही मिलता है। दो-तीन दिन तक यही सब चलता रहा...शोक...दुःख...खालीपन...बातें...! अंतहीन चर्चाएँ! लेकिन फिर जीवन अपने ढर्रे पर चल निकला। कवि की मृत्यु अतीत की एक घटना बन गई, पर डॉ० महेन्द्र के कारण मैं उस परिवार से अलग न हो सका। मित्र तथा उनकी पत्नी हमेशा इस चिंता में रहते कि वे उस परिवार के लिए क्या करें? कैसे उसे एक व्यवस्थित रूप दिया जाए। मित्र ने उनका जीवन देखा था। साहित्य वगैरह के गहरे अध्येता थे। विचारधाराओं और वादों से ऊपर उठ चुके थे। क्रूरता और नंगापन ...इसके वे साक्षी थे, इसलिए उन्होंने कवि की मृत्यु को भी इसी रूप में स्वीकार कर लिया था। शोषण-गरीबी, पूँजीवाद-समाजवाद जैसे प्रश्न उनके घर में घंटों घोटे जाते थे...भाँग की तरह जिसका नशा सिर चढ़कर बोलता है...। ऊपरी तौर पर यह बहसें बड़ी गूढ़, महत्त्वपूर्ण और तात्कालिक महत्त्व की लगती थीं, पर आंतरिक रूप से उतनी ही बीभत्स थीं जितनी कि गरीबी और शोषण का परिणाम होता है। मित्र इसे मानसिक जुगाली मानते थे। सहज देखने पर तो हर अमीर बड़ा सुखी दिखाई देता था, वैभव विलास में डूबा और हर गरीब फक्कड़पन का नाटक करता हुआ...कुढ़ता हुआ...कोसता हुआ...इसलिए मित्र ने जीवन को माया-मोह से मुक्त होने की संज्ञा दे दी थी...बस, वे चाहते थे कि उनके बच्चे ठीक से सैटिल

हो जाएँ! हम लोग बैठे थे कि एक महिला ने आकर हमारी बातचीत को स्थगित कर दिया। चेहरा जाना-पहचाना-सा लगा, फिर उस महिला को देखकर एक छोटी-सी घटना याद आ गई, जो उनकी मृत्यु के दिन की है। शाम को कोई सात-साढ़े सात बजे मैं तथा पत्नी कवि के शव के पास बैठे हुए थे। आजकल सभ्य समाज में मृत्यु पर छाती पीट-पीटकर रोना···विलाप करना असभ्य तथा गँवारपन माना जाता है। रोने का सलीका आना चाहिए। विलाप भी संतुलित और शिष्ट होना चाहिए। इस शिष्टता तथा सभ्यता के अनेक रूप ऐसे अवसरों पर देखने को मिल जाते हैं। मैं कवि के पाँवों की तरफ बैठा था और पत्नी सिरहाने की तरफ। वहाँ पहले से ही दो-चार महिलाएँ बैठी हुई थीं। वातावरण में गमगीनी सन्नाटा तथा बेचैनी थी। बर्फ की सिल्लियों का पानी बहकर सीढ़ियों पर गिर रहा था। बाहर से आने वाले रिश्तेदारों का इंतजार था। खासकर बड़े भाई का! मैंने गौर किया एक महिला लगातार पत्नी को देखे जा रही थी। पत्नी की दिली इच्छा कवि से मिलने की थी, पर मिल न सकी थी और जब मिली भी तो बर्फ की सिल्लियों पर वे पड़े हुए थे। फिर एक विलक्षण संभावनाओं से भरे साहित्यकार का इतनी कम उम्र में चले जाना उन्हें व्यथित कर रहा था। यकायक उस स्त्री ने पूछा—"मैंने आपको कहीं देखा है? क्या आप भी लिखती-विखती हैं? अच्छा-अच्छा···आपकी तस्वीर पत्र-पत्रिकाओं में देखी होगी। आप बहुत अच्छा लिखती हैं।"

पत्नी स्वयं को असहज महसूस कर रही थी, क्योंकि यह अवसर साहित्य चर्चा का न था। सामने पड़े शव का इतना सम्मान तो किया ही जाना चाहिए था कि व्यक्तिगत बातों को वहाँ न उठाएँ।···फिर उसी स्त्री ने कहा, "मैं भी कविताएँ लिखती हूँ। आपको अपनी कविताओं की कॉपी दूँगी। पढ़कर राय जरूर दें!" वह शायद भूल चुकी थी कि कहाँ आई है, क्यों बैठी है? कौन-सा अवसर है और सामने वाले को उसकी बातें कितनी नामाकूल लग सकती हैं? तभी सबका ध्यान दरवाजे की ओर गया, जहाँ एक अधेड़ उम्र की महिला हाथ में सूटकेस लिए खड़ी थी। शव को देखते ही उसके हाथ से सूटकेस छूट गया। वह दहाड़ मारकर रो पड़ी, 'भइया, भाभी का क्या होगा? भाभी किसके भरोसे जिंदा रहेगी?' मैं तथा पत्नी अवाक्! अभी-अभी साहित्य पर चर्चा करने वाली महिला भी उनके साथ दहाड़ मारकर स्वर में स्वर मिलाकर रो रही थी। उसकी आँखों में न आँसू थे, न चेहरे पर व्यथा! स्वर में गीलापन भर था। वही साम्यता जो कीर्तन या भजन करते समय दूसरों से स्वर मिलाने की होती है! दोनों के विलाप से विचलित होकर हम दोनों बाहर निकल आए। यह अभिनय भी करना पड़ता है उफ्! मेरा मन वितृष्णा

तथा वेदना से भर गया··· । नीचे गाड़ी में बैठते हुए मैंने देखा वही महिला हलके-से मुस्कराकर पत्नी को नमस्कार कर रही थी।

लगभग चार माह बाद!

राजधानी अपनी साहित्यिक तथा सांस्कृतिक गतिविधियों के कारण हमेशा ही चर्चा में डूबी रहती है। बड़े-बड़े लेखक, कलाकार, नाट्यकर्मी यहाँ देखे जा सकते हैं। ऐसे ही एक कार्यक्रम की संरचना की गई थी और उसी का आयोजन किया जा रहा था। संस्कृति भवन के सभागार में अर्द्धचंद्राकार कुर्सियाँ पड़ी थीं। बाईं तरफ पत्रकार, टी०वी० वालों के लिए जगह रिजर्व थी और दूसरी तरफ अन्य लोगों के लिए। कवि का मुस्कराता हुआ चेहरा, बोलती हुई आँखों वाला छायाचित्र रखा था। गुलाब की माला उस तस्वीर पर बहुत सुंदर लग रही थी। मंच पर खाली रखी कुर्सियाँ कवि के न होने का अहसास करवा रही थीं। सामने की पंक्ति में सरहद का परिवार बैठा था। हॉल भर गया था और इतने दर्शकों, श्रोताओं को देखकर लग रहा था कि वास्तव में सरहद अपने मित्रों के बीच, आम पाठकों के बीच और अपने कार्यालय में लोकप्रिय थे। यह अलग बात थी कि जीते-जी इस कवि को कोई पुरस्कार नहीं मिला था। उसे किसी सृजनपीठ या साहित्यिक संस्था का प्रमुख नहीं बनाया गया था? उलटे वह बैंकों से लिए गए ऋण के बोझ से दबा हुआ था। लोग उससे इसलिए भी नाराज थे, बल्कि उसको सबक सिखाया गया था कि वह किसी संघ या संगठन में शामिल हों, पर कवि ने अपनी स्वतंत्रता को अधिक महत्त्व दिया और वह उपेक्षा तथा बहिष्कार का अपमान सहते हुए भी अपने निर्णय पर अडिग रहा था। हाँ, व्यक्तिगत संबंध जरूर थे···और ऐसे लोगों के साथ वे बाकायदा बैठते थे। चर्चा करते थे। उनका पीना-पिलाना भी चर्चित था। मैंने देखा अब मुख्य वक्ता मंच पर मुर्दनी सूरत बनाकर बैठ चुके थे और जो उनकी जवान तलाकशुदा लड़की पर कभी डोरे डालने का पूर्ण प्रयास कर चुके थे, वे भी यहाँ गंभीर मुद्रा बनाकर बैठे हुए थे। प्रारंभिक रस्म अदायगी के बाद लोगों ने उनकी दोस्ती, उनकी दरियादिली···उनके व्यक्तित्व के विविध पक्षों···उनके कविता के विविध रूपों···भाषाशिल्प···उसके तेवर के बारे में वक्तव्य देने शुरू किए··· । कुल मिलाकर सारे वक्ता यह बताना चाह रहे थे कि उससे ज्यादा सरहद के और कोई हमदर्द···निकट तथा आत्मीय नहीं था। स्मृतियों का एक खूबसूरत शब्दजाल—भाषा का चमत्कार···वक्तृत्व-कला की प्रभावशाली हृदय को छू लेने वाली कलाबाजी यहाँ तक कि गला भरकर बोलने में भी लोग पीछे नहीं रहे।

बीच-बीच में रूमाल से आँखें पोंछने का नाटक भी चला। आज उनका जन्मदिन था यानी जयंती और इस मौके को यार लोग पूरी तरह से सेलीब्रेट कर लेने के मूड में थे। जयंतियाँ और पुण्यतिथियाँ तो साहित्यकारों की प्राणतत्त्व होती हैं। यश और मान्यता मिलने की आधारशिला। कार्यक्रम की सफलता का अब अंतिम पड़ाव था। वक्ताओं का गला सूख गया था। दुःख के बोझ से काफी देर तक उन्हें दबे रहना पड़ा था। खुलकर ठहाके भी नहीं लगा सके थे। सभागार में एक कोने में बैठे उनके भाई उद्वेलित थे तो डॉ० महेन्द्र एकदम खामोश। बहरहाल दो-ढाई घंटे चले इस कार्यक्रम में एक संपूर्णता थी। हृदय खोलकर रख दिया था सभी ने। कवि को जीते-जी जितना मान-सम्मान नहीं मिला था, मृत्यु के बाद मिल रहा था। असली परीक्षा में कवि लोकप्रियता की कसौटी पर खरे उतरे थे। कवि और उनकी कविता की इतनी अच्छी व्याख्या कभी नहीं हुई थी। इसलिए लोगों के चेहरों पर संतोष का भाव था।

नाटक का अंतिम दृश्य

आधे घंटे बाद सभागार से लोगों का कारवाँ दो किलोमीटर दूर एक कोठीनुमा मकान की पहली मंजिल पर जाकर समा गया। बाहर मोहम्मद रफी का गाया गीत 'आज कल में ढल गया···' गूँज रहा था। हवा में ठंडक थी और रोशनियों की चमक से मकान चमक रहा था। चार-पाँच कमरों वाला यह मकान साफ-सुथरा और सादगी से सजाया गया था। बाहर के कमरे में दरियाँ तथा उन पर सफेद चमचमाती चादरें बिछी थीं। यहाँ जो लोग आए थे, वे कवि के अत्यंत आत्मीय रहे मित्र तथा कुछ खास रिश्तेदार थे। अतिसंवेदनशील प्राणी जिनके कंधों पर साहित्य का दायित्व था··· । मजे की बात यह कि यहाँ भी दो खेमे स्पष्ट नजर आ रहे थे। एक वे जो महानता को प्राप्त हो चुके थे और दूसरे वे जिनकी ख्याति महानता की राह पर थी। अब तक प्लेटों में भजिए, नमकीन तथा सलाद सजाकर रख दिए गए थे। प्लेटों की तरफ बढ़ते फुर्तीले हाथों को देखकर लगा···सभी लोगों को खाने-पीने की तीव्र इच्छा हो रही है। फिर ठहाके—अब आसमान साफ था। पानी भरे मेघ छँट चुके थे···इसलिए कमेंट्स भी सुनाई देने लगे—चढ़ गई···असली है···अभी से मत बहको···अभी तो शुरुआत है···दोस्ती के नाम पर···दोस्त के नाम ···ऐसे ही अनेक आधे-अधूरे जुमले आवारा हवाओं की तरह गूँज रहे थे। बीच-बीच में अंदर से आती सामूहिक हँसी, जिसमें फिलहाल मर्यादा थी। बाहर

बैठे लोग एक-दूसरे की या एक-दूसरे के गुटों की टाँग खींच रहे थे या मजाक बना रहे थे या उनकी नकल उतार रहे थे यानी गेंदें पूरी ताकत से फेंकी जा रही थीं। दूसरे का लिखा कितना कचरा है, यह साबित करने के लिए तर्क पर तर्क दिए जा रहे थे और किसने कालजयी साहित्य लिख दिया है और कौन किसकी परंपरा को पल्लवित कर रहा है। कौन जमीन से जुड़ा है और कौन लफ्फाजी करता है···कौन किसके कंधे पर सवार होकर बढ़ रहा है···और किसने कितने समझौते किए हैं···या पुरस्कार पाने के लिए कितनी चापलूसी तथा तिकड़में की हैं आदि-आदि विषयों पर खुली बात चल रही थी···पोल-पट्टियों को खोलने का इससे स्वर्णिम अवसर क्या हो सकता था। अब मेरी कुछ-कुछ समझ में आया कि महानता व्यक्तित्व में कितना और क्या परिवर्तन ला देती है और जीते जी महान् होने का क्या सुख होता है? गहराती रात्रि के साथ माहौल भी खुमारी में डूबता जा रहा था। रात्रि की मादकता में शराब की मादकता मिल गई थी।···आज की तारीख में एक महत्त्वपूर्ण कवि ने जन्म लिया था—भले ही वह अल्पायु में मृत्यु को प्राप्त हो गया हो—इसलिए जन्मोत्सव में खुलकर शरीक होना जरूरी था। ट्रे में रखे गिलास जिस तेजी के साथ इधर-उधर घूम रहे थे उससे इस बात का आभास मिल रहा था कि स्टाफ काफी मात्रा में उपलब्ध है। किसी भी मित्र या आत्मीयजन की अधूरी प्यास स्वर्गीय मित्र की आत्मा को आहत कर सकती थी। आज शास्त्रों वाली तेरहवीं के भोज का औचित्य मुझे समझ में आ रहा था। फैली हुई थुलथुल तोंदों पर हाथ फेरते, लंबी डकार मारते वे लोग। पेट भर जाने के बाद भी आड़े-तिरछे होकर पानी के सहारे उदरगृह में लड्डुओं को ठूँसने का और स्वाद की जगह कष्ट झेलने तक भकोसने का परिणाम! यहाँ तरल पदार्थ को उसी रूप में पीते देखकर मैं दोनों की तुलना करता रहा। धीरे-धीरे पूरा मजमा असली रंग में आता जा रहा था। अब संयत तथा मर्यादित हँसी भी मुक्त हो चली थी। पर शीर्षस्थ कवियों का स्वयं पर अब भी नियंत्रण था। वे पीने और पचाने के आदी थे···हाँ, अराजकता और स्वच्छंदता स्थानीय लोगों के क्रियाकलापों में आ गई थी। आपसी गालियों का प्रयोग भी अधिक निकट तथा घनिष्ठ लोगों के दरम्यान होने लगा था। कुछ ऐसे प्रसंग जो···कवि से जुड़े थे बीच-बीच में आ जाते फिर दूसरा कोई उस प्रसंग का विरोध करता यानी बात उल्लास से शुरू होकर उत्तेजना पर जाकर समाप्त हो जाती थी। इन सबके बीच कवि के बड़े भाई खामोश—विचारमग्न दीवार से टिककर बैठे हुए थे। बीच-बीच में वे कुछ बुदबुदाते फिर आँखें मूँद लेते। उनकी भाव मुद्राओं को देखकर ऐसा लग रहा था, गोया कह रहे हों कि अभी उसकी

चिता को शांत हुए मात्र बारह दिन हुए हैं। हरामियो, तुम लोगों ने उसे न चैन से जीने दिया है, न मरने के बाद चैन लेने दोगे। उसके जीवन के चिथड़े उधेड़ रहे हो। मौत के बाद तो बख्श दो। क्यों गड़े मुर्दे उखाड़कर उसको नंगा कर रहे हो! कुछ तो आवरण में रहने दो। आखिर वह भी तो हाड़-मांस का बना आदमी था। डॉ० महेन्द्र उन्हीं के पास बैठे थे, सांत्वना देते हुए। मूक दर्शक बने जैसे सारी सत्ता उनके हाथ से जाती रही हो और पराजित सम्राट् सिर्फ''बाद का तमाशा देख रहा हो। इस बीच''एक जाने-माने साहित्यकार खाली हाथ भीतर वाले कमरे से बाहर आए। उनके स्वास्थ्य का खयाल रखते हुए उनके लिए खिचड़ी बनवाई गई थी। उन्होंने कवि के भाई के साथ बैठकर खिचड़ी खाई''। पूरे समय उनका चेहरा गंभीर बना रहा। उन्होंने आसपास देखा भी नहीं, न कुछ दिलचस्पी दिखाई, लेकिन उनके मौन का अर्थ किसी को समझ में नहीं आया।

यह सब होते-होते रात्रि का प्रथम प्रहर बीत गया। बाहर ठंडी हवा चल रही थी। भीतर गरम बातों का उफान था। जो लोग अभी तक बाहर के कमरे में बैठे थे, वे अब बेझिझक अंदर के कमरे में जा रहे थे। औपचारिकता की दीवारें ढहती जा रही थीं। कोई भी व्यक्ति अभी जाने की मुद्रा में नहीं दिख रहा था और किसी में इतना साहस नहीं था कि डिनर के लिए जबरदस्ती सबको बुला सके। तभी सबका ध्यान एक ओर खड़े लोगों की तरफ गया। जोर का ठहाका पूरे वातावरण को स्पंदित कर गया था। ठहाके का कारण था, एक बुजुर्ग साहित्यकार की पतलून में पेशाब छूट जाना, जिसे मेडिकल की भाषा में 'इनकांटीनेस एंड ट्रिकलिंग ऑफ यूरिन' कहते हैं। जोकि इस अवस्था में प्रोस्टेंट ग्लैंड के बढ़ जाने से होता है। यह संकेत देता है कि आप पूर्ण रूप से बुजुर्ग हो चुके हैं, चाहे बाहर से जींस पहनते रहें या टीशर्ट! बहरहाल उन लोगों ने होंठों में हँसी को दबाकर उन्हें सँभाला और यथास्थान पर जाकर चर्चाओं में मसरूफ हो गए। अतीत में लौटने का सुखद संयोग कोई भी छोड़ने को तैयार न था, पर क्रम टूट पड़ा, क्योंकि एक साहित्यकार की पत्नी बार-बार फोन कर रही थी। पीने के बाद उन्हें खुद को सँभालना नहीं आता था। स्टियरिंग पकड़ी तो हाथ ढीले हो गए। बैक करते हुए गाड़ी से जा टकराई''बाईं ओर घुमाई तो उसकी तरफ रखी गाड़ी को टोच दिया। एक की हेडलाइट ही फोड़ दी''। कुछ दोस्तों ने कहा कि वे उन्हें सकुशल घर छोड़कर आते हैं, पर वे नहीं माने''। रास्ते में उन्होंने क्या-क्या किया होगा''इस बात को हँसी में उड़ाते यार-लोग उन्हें तत्काल भूल गए। मैंने देखा धीरे-धीरे महानताओं और बौद्धिकता के परखच्चे उड़ना शुरू हो गए। अधिकांश लोग आवरणविहीन हो चुके

थे और वे सामान्य लोगों की तरह बोलने-बतियाने लगे थे। रात्रि के दूसरे पहर की समाप्ति पर कुछ लोगों ने वर्तमान का लिहाज करते हुए शराब पीना बंद किया और डिनर की तैयारी करने लगे। भाई को डर था कि ये लोग रात कहीं यूँ ही पीते-पिलाते न गुजार दें। अब लंबी पारी खेलने के लिए चार-छह साहित्यकार ही बचे थे। उन्हें चूँकि यहीं रुकना था, इसलिए वे चिंतामुक्त थे···। कवि के साथ प्रायः वे हफ्तों तक रुकते थे···। शहर घूमते थे। पीते-पिलाते थे···और कवि होने के बहाने विश्व कविता पर, वैश्विक समस्याओं पर घनघोर विचार-मंथन किया करते थे। अब उन आयोजकों में से एक–प्रकाशक संपादक–कवि रूपी–जिन्होंने पैसे के साथ-साथ स्थान की भी व्यवस्था की थी, बार-बार सभी से डिनर लेने का आग्रह कर रहे थे और अपने साथियों के साथ बोतल छुपाने का प्रपंच भी। यानी रासलीला···या लुका-छिपी का दौर चल रहा था। दो बोतलें छुपाई जातीं तो दूसरा सदस्य बोतल लेकर प्रकट हो जाता। 'मिल गई···मिल गई···बची है–बची हुई खतम करो···खतम होने दो यार···आखिरी जाम है···' जैसे जुमले बीच-बीच में सन्नाटे को तोड़ देते थे। रात्रि की गहरी निस्तब्धता इन पर कोई असर नहीं डाल रही थी।

दूसरे पहर की समाप्ति पर माहौल पूरी तरह से स्वच्छंद हवाओं की तरह हो चुका था। लोग भूल चुके थे कि वे यहाँ क्यों आए थे? कब आए थे और अब लौटकर भी जाना है। आयोजक महोदय की दयनीय मुद्रा देखने लायक थी। बेचारा व्यक्तिगत रूप से सबके पास जा-जाकर खाने का आग्रह फिर से कर रहा थ। "अच्छा···अब खाना खा ही लिया जाए, चलो भाई।" झूमते-झामते एक कवि बरामदे में आ गए। कवि के हाथ में जाम था···। खतम करने की गरज से उन्होंने एक ही घूँट में गटक डाला। एक झटका-सा लगा उन्हें। इस बीच कवि के भाई अनमने भाव से उठे और क्षोभ से भरे घूरती आँखों से देखते हुए चले गए, क्योंकि वे देख चुके थे कि मध्यांतर के बाद तो कवि, कविता···कवि की मृत्यु···मृत्यु की वेदना···वेदना का प्रभाव सब गायब हो चुका था···। इस समय यह सीन ऐसे पियक्कड़ों का जमावड़ा था, जिसे पूरे संसार की चिंता थी, पर स्वयं का कोई होश नहीं था। वे दुनिया की स्त्रियों के हकों के पक्ष में बातें कर रहे थे, पर उन्हें अपनी पत्नी की रत्ती-भर चिंता नहीं थी, जो इनके इंतजार में जाग रही थी।

अब तक भीतर का कमरा खाली हो चुका था। लुटा-पिटा! बिखरा सामान, खाली बोतलें। लुढ़के गिलास···। लड़के सामान उठाने में लगे थे···कि तभी एक कवि के हाथ से गिलास छूटकर गिर पड़ा। गिलास के टूटने की आवाज नीरव

वातावरण में कुछ ज्यादा ही गूँज गई। क्षण-भर के लिए वे सकपकाए, फिर सँभले और शुरू हो गए पीने और आत्मस्तुति गान करने में। अब तक एक चमचानुमा कवि उनका नया पैग बनाकर ले आया था। उन्होंने बड़ी आत्मीयता तथा कृतज्ञता से गिलास थामा और फिर पीने लगे। आत्मपुराण आख्यान में वे उसी तरह से लीन थे। इस बीच वे कवि के जीवन के कठिन दिनों तथा संघर्ष यात्रा की याद करके भावुक हो उठे। उसकी उपेक्षा को साहित्यिक षड्यंत्र मान रहे थे। उन्हें गहरा अफसोस हो रहा था कि आम आदमी के संघर्ष तथा पीड़ा को व्यक्त करने वाली कविताएँ लिखने के बाद भी उन लोगों की स्थिति में कोई परिवर्तन नहीं आया था। वही भीषण गरीबी···संघर्ष···द्वेष और कुचक्रों की राजनीति। विचारों की सघनता तथा उद्वेलन के कारण उनका हाथ फिर ढीला हो गया और एक और गिलास छूटकर जमीन पर छन्न से गिर पड़ा। हताश, नाराज आयोजक भद्दी गाली देता हुआ आया, लेकिन तब तक तीसरा पैग कवि के हाथ में आ चुका था। आयोजक के पास सिवा खीसें निपोरने के कोई रास्ता न बचा था।

पता नहीं इस आयोजन का अंत किस संकल्प के साथ होना था। कुछ लोग शुरू में ही भारी मन से लौट गए थे। कुछ भरपूर खाने-पीने के बाद जा चुके थे। ढलती रात के साथ ही डॉ० महेन्द्र मेरे साथ थे। अंतिम बार उन्होंने भी चाय पीकर पैदल ही घर की ओर प्रस्थान किया।

मैं अकेला सोचता रहा, क्यों नहीं मैं उस दिन कवि की बातों को गंभीरता तथा गहराई से समझ पाया था···अन्यथा मैं उन्हें यात्रा के लिए जबरदस्ती ट्रेन में बैठाकर आ ही जाता। क्या कवि ने अपनी मृत्यु के बाद की स्थिति देख ली थी? क्या वे···समझ चुके थे कि यह संसार माया का ही दूसरा नाम है?

पटाक्षेप···

फिर सुनने में आया कि उनकी मृत्यु के ठीक एक महीने बाद ही उनकी तलाकशुदा लड़की ने अपने पिता की पसंद के लड़के से शादी कर ली थी। बड़े लड़के को अनुकंपा नियुक्ति मिल गई थी। छोटा लड़का अपनी मरजी के मुताबिक पढ़ रहा था। वे सब सरकारी आवास को छोड़कर नए मकान में आ गए थे। बाहर रखे कलशों को देखकर कोई नहीं कह सकता था कि कुछ माह पूर्व ही इस परिवार के बीच भूचाल आया था। किसी महत्त्वपूर्ण व्यक्ति की मृत्यु का आभास तक नहीं हो रहा था। उसके बाद न कवि की पुण्यतिथि मनाई गई, न उनकी कविताओं पर

चर्चा हुई और न ही कोई अन्य आयोजन। कभी-कभार कोई संपादक उनकी कविता छाप देता। अपने जीवनकाल में असंख्य दुःखों, अवसादों···अपार निराशाओं से व्यथित कवि का परिवार उनकी मृत्यु के पश्चात् पूरी तरह से सुखी और निरंतर समृद्ध होता गया था। अब यह तय कर पाना मुश्किल है कि दुःख तथा अवसाद कवि के द्वारा पैदा करके फैलाए गए थे या कवि ही दुःखों में जीने का अभ्यस्त था···या वास्तव में उसके भीतर बैठी महान् आत्मा अपने ही साहित्यिक समाज के लोगों द्वारा उपेक्षित होकर···दुःख के अंतर्लोक में डूबकर···अनंत यात्रा पर चली गई थी।

अग्निरेखा

चेतीराम और साँवली को अपने सामने देखकर गुप्ता जी आश्चर्य में डूब गए। फटेहाल, बदहाल, परेशान, भूखे-प्यासे पति-पत्नी। उन्हें देखकर लग रहा था किसी कलाकार द्वारा बनाया गया चित्र हो···। एक बच्चा गोद में, जिसकी टाँगें सूखी लकड़ी की तरह लटक रही थीं। पिचका पेट, सफेद आँखें···और मुँह में दबाई उँगलियों से थूक टपक रहा था···दूसरा पिता का हाथ पकड़े था, जिसके पिंजर जैसे शरीर पर बड़ा काला सिर ऐसा लग रहा था, जैसे खाली डबला रख दिया हो और तीसरा उन दोनों के पीछे दुबका खड़ा था। मुँह खुला और आँखें फटी-फटी। धूल, पसीने—आँसू और नाक उनके चेहरों पर चिपकी थी। तीनों को देखकर लग रहा था, जैसे अकाल पीड़ित जगह से आ रहे हों!

"पहचाना मालिक?" चेतीराम ने बीमार पर उत्साह से भरी आवाज में कहा।

"तुम सब यहाँ! ऐसी हालत में? कैसे आना हुआ?" गुप्ता ने बाहर निकलते हुए कहा। वे बीच का दरवाजा बंद करना न भूले, क्या पता पाँचों प्राणी बरामदे में आ जाएँ। गुप्ता को यूँ दरवाजा बंद करते देख चेतीराम और साँवली को हलका-सा धक्का लगा। अपमान भी महसूस हुआ। आगे बढ़ते कदम एकाएक ठिठक गए। यह क्या मालिक को न खुशी हुई, न प्रेमभाव उमड़ा···न अंदर आने के लिए बोला···क्या उनका आना मालिक को बुरा लगा है? और वक्त होता तो चेतीराम उलटे पाँव लौट जाता, लेकिन इस समय कई सौ किलोमीटर दूर, पराए शहर में···अपार भीड़ के बीच जहाँ चिड़िया तक पहचान की न हो, वहाँ मान-अपमान का सवाल ही कहाँ पैदा होता है···? यहाँ आने का एकमात्र अवलंब मालिक ही तो हैं। भूतपूर्व मालिक। जिनकी तीन साल तक सेवा की थी···उन्हीं मालिक की ऐसी रुखाई! जहाँ मालिक खड़े थे, वहाँ बोगन-वेलिया की घनी बेलें फूलों से लदी थीं···बँगले के चारों तरफ ऊँची दीवार खड़ी कर दी गई थी। लंबे-लंबे वृक्ष··· रंग-बिरंगी बेलें, पत्ते···एक तरफ नरम घास बिछी थी तो दूसरी तरफ अनगिनत गमले रखे थे, जिनमें तरह-तरह के गुलाब के फूल खिले थे···पास में ही शानदार झूला रखा था। खिड़की के पास बड़ा-सा लव बर्ड्स के लिए पिंजरा बना था।

पूरा जंगल ही जैसे साहब के बँगले में सिमट आया था। हरियाली खुशबू और सुरम्यता···! साहब को पखेरुओं से प्रेम कब से हो गया!

"बैठो···बैठो···।" उन सबको जड़वत् खड़ा देखकर गुप्ता ने जमीन की तरफ इशारा करते हुए कहा।

वे सब एक साथ सिकुड़कर बैठ गए। मैले-कुचैले···बदबूदार कपड़ों से ढके पाँच नरकंकाल!

"क्या सोचकर आए हो यहाँ?" गुप्ता ने बेरुखी से पूछा।

"मालिक, हम तो बर्बाद हो गए। उजड़ गए। सब कुछ छूट गया मालिक।" चेतीराम अपनी बर्बादी की कथा सुनाने लगा।

"मैंने तो तुम लोगों से तभी कहा था कि हमारे साथ चलो। यहाँ एकाध गुमटी लगवा देते···अभी तक तो कितना कमा लिया होता और यह क्या फिर बच्चा!" गुप्ता ने साधिकार डाँटते हुए कहा–"जब खुद का पेट नहीं भर सकते तो बच्चे क्यों पैदा करते जाते हो, भूखों मारने के लिए?" गुप्ता के भीतर वितृष्णा की लहर दौड़ गई।

"आपका कहा सच था मालिक! तब वहीं पेट भर जाता था, पर अब···।" चेतीराम ने सफाई देते हुए कहा।

"सब कुछ खतम हो गया···मालिक।"

चेतीराम कैसे बताए कि वह आज भी कितनी विवशता के साथ यहाँ आने को मजबूर हुआ था···बच्चों का जीवन धीरे-धीरे मृत्यु की ओर बढ़ रहा था···मौत सामने खड़ी थी भूख के रूप में, प्यास के रूप में, जानवरों के रूप में···बूँद-बूँद पानी के लिए तरसते बच्चे! जिस घने जंगल में चेतीराम अपने पिता के साथ जाया करता था, वही जंगल देखते-देखते साफ हो गया। जमीन उजाड़ हो गई थी···। जानवरों के हमले आए दिन होने लगे थे। पानी की तलाश में बाहर निकले भटके जानवर अपना संयम खो बैठते थे···। ताल-तलैया सूख गए थे। नदियों की धार के निशान शेष बच गए थे। कुओं में पानी साठ फीट नीचे चला गया था और हैंडपंप से भी पानी नहीं निकलता था। और खेत···खेत न रहकर बड़ी-बड़ी दरारों की सूखी जमीन मात्र रह गए थे। त्राहि-त्राहि करते लोगों ने वहाँ से निकलना ही मुनासिब समझा था। चेतीराम भी कब तक अपना घर···अपनी जगह का मोह बाँधता···! मोह तो कठफोड़ा तथा चिड़ियों का भी टूट गया था जो···अपनी जगह छोड़कर···मकानों में अंडे देने के लिए मजबूर हो गए थे।

"मालिक के पास चलते हैं।" साँवली ने चेतीराम से कहा था।

"नहीं। याद नहीं, जाते बखत मालिक हमसे कितना नाराज थे?"

"मालिक वहाँ हमें काम दिलवा देंगे।"

"तेरा मन कहता है? मालिक पुरानी बातों को भूल गए होंगे?"

"हाँ, मेरा मन कहता है। मैं मालकिन का काम करूँगी। मुझसे मालकिन कित्ती खुस रहती थीं।" साँवली के चेहरे पर उम्मीद की रेखा चमकी थी।

लगता है···मालिक-मालकिन को गए ज्यादा समय नहीं बीता है। गुप्ता जिस वर्ष तबादला होकर आए थे···तब भी जंगल घना था···सूखा नहीं पड़ा था···गर्मियों में पानी की किल्लत होती थी, असंख्य छोटी-बड़ी, रंग-बिरंगी चिड़ियाँ दिखती थीं···सियार, भेड़िया, तेंदुआ या जंगली कुत्ते कभी-कभी ही दिखते थे। बस्तर के बाद यह स्थान गुप्ता जी का पसंदीदा स्थान था···बस्तर (नारायणपुर) में जब गुप्ता थे तो कितने दोस्त आते थे—छुट्टियाँ बिताने, शिकार करने और जंगल घूमने···। जंगल के सौंदर्य पर रीझते वे सब···प्रशंसा करते न थकते थे···। लंबे-लंबे विशालकाय वृक्षों का अंतहीन सिलसिला···दिन में भी झीना-झीना-सा अँधेरा···घास-पत्तियाँ···उनके बीच दिखते···घूमते निर्द्वंद्व जानवर···चाँदनी की उन्मादक छटा···सनसनाती हवाएँ···वो मादकता···वो गंध···सब कुछ सम्मोहित करने वाला; पर गुप्ता जी को समझ में नहीं आता था कि शहरी लोगों को इसमें कैसा रोमांच महसूस होता है···उनका तो एकमात्र मकसद था···पैसा कमाना···। पैसा बटोरना। इससे भी अधिक रोमांच का और कोई काम हो सकता है, आज के दौर में। इसके पीछे सबसे बड़ा और प्रमुख कारण था असुरक्षा का भाव···गुप्ता के भीतर हीनग्रंथि बनकर बैठ गया था कि जिस बचपन को उन्होंने जिया है, उनके बच्चे वैसा जीवन न जिएँ, बल्कि उसकी छाया भी न पड़े···। चटनी और बासी रोटियाँ···गुप्ता दोबारा नहीं खाना चाहते थे···। चाचा की दया पर पले गुप्ता 'दया' शब्द से चिढ़ने लगे थे। उनकी विधवा माँ ने अपना तमाम जीवन गाँव में एक खेत के टुकड़े के सहारे गुजार दिया था। चाचा के सख्त अनुशासन में रहते हुए गुप्ता को कई बार एकांत में रोना आ जाता था···लेकिन भाग्य ने साथ दिया और उनका चयन जंगल विभाग में रेंज अफसर के लिए हो गया था। ट्रेनिंग होते-होते तक चाचा ने उनकी शादी कर दी थी। शादी के बाद···एक के बाद एक तीन लड़कियाँ फिर चौथा लड़का। यानी भरी-पूरी गृहस्थी का बोझ या जिम्मेदारी गुप्ता के कंधों पर थी, इसलिए···जंगलों के प्रति वे निरपेक्ष भाव रखते थे, ठीक वैसे ही, जैसे मुर्गी पालने वाले रखते हैं। मुर्गे-मुर्गियों तथा चूजों की खूबसूरती से अप्रभावित। खिलाना-पिलाना, देखभाल करना और फिर···उसी निरपेक्ष भाव से हलाल करने वालों के हाथों बेच

देना। उसी दौरान गुप्ता ने जंगलों का मिजाज समझा था···। स्थानीय व्यवस्था और व्यवस्थापकों की नीयत, स्थिति और ताकत को समझकर···राजधानी में बैठे बड़े अफसरों और नेताओं की फरमाइशों को किस तरह पूरा करना चाहिए। यह कला सीखी तथा समझी थी। नेताओं को खुश करने के गुर सीखते हुए जंगल उनके लिए कुबेर का खजाना बन गया था। अपनी निम्न मध्यवर्गीय सोच और जीवन शैली से बाहर निकलकर, पूर्व अफसरों के पदचिह्नों पर चलते हुए संवेदनशील गुप्ता···दिन ब दिन प्रवीण, चालाक तथा चापलूस बनते गए थे। यहाँ पर न चाचा की सीख याद रही थी, न विधवा माँ के दिए गए संस्कार। कुछ ही सालों की नौकरी में गुप्ता ने वो नाम तथा धन कमाया था कि सुनने वाले विस्मित रह गए थे···। उनकी विदेशी घड़ियाँ···बेशकीमती चीजों से सजा घर···पति-पत्नी की नेपाल, सिंगापुर तथा दुबई की कई-कई यात्राएँ···छोटे भाई के लिए मेडिकल स्टोर ···और अपने लिए भाई के नाम पर कोठी···भाई की पत्नी के नाम पर जमीन, कई तोला सोना तथा अच्छा-खासा पैसा जमा करवा दिया था और वैष्णव भक्तिन माँ, जिसने कभी प्याज-लहसुन नहीं खाया था···जब उसे पता चला कि उसका बेटा तीतर, मुर्गा, मटन खाता है और जब उसने पहली बार फ्रिज में मटन भरा रखा देखा था···तो नाराज होकर वापस गाँव चली गई थी—उस नाराज, सताई हुई··· विधवा माँ के नाम भी पंद्रह एकड़ जमीन लेकर डाल दी थी। गुप्ता की उदारता, विनम्रता और मोहक मुस्कान के सामने सब चित्त हो जाते थे···। ऐसा कर्तव्यपरायण और परिवार से प्रेम करने वाला इंसान कहाँ मिलेगा? लेकिन इन सबके बीच···इन सबसे अप्रभावित तथा चिंतित एकमात्र शख्स था, जो गुप्ता को लंबी-लंबी चिट्ठियाँ लिखकर जीवन की ऊँच-नीच, संस्कार, पैसे का अत्यधिक मोह और बेलगाम दौड़ के दुष्परिणामों से अवगत करवाता रहता था—वह थे उनके चाचा। लेकिन अब गुप्ता बच्चे नहीं थे। वह चाचा की छत्रच्छाया से बहुत दूर निकल चुके थे। बस्तर तथा आसपास के घने जंगलों में सेंध मारकर उन्हें पोला करने वाले गुप्ता की शिकायतें हुईं, परिणामस्वरूप उनका ट्रांसफर कर दिया गया···। गुप्ता ने ट्रांसफर तो ले लिया, लेकिन वह पूरे समय 'पहले जैसी' किसी जगह पर लौटने के लिए प्रयास करते रहे···। सरकार बदलते ही गुप्ता ने एड़ी-चोटी का जोर लगा दिया था। युवा होती तीन लड़कियों की पढ़ाई···फिर शादी की चिंता···इकलौते पुत्र को उच्च शिक्षा के लिए विदेश भेजने का सपना भीतर ही भीतर···पलकर टूट रहा था।··· बीच के दो साल···राजधानी में नौकरी करते हुए गुप्ता के बेहद कष्टदायी निकले थे बिना कमाई के, बिना जंगलों के! 'शांति' के साथ नौकरी करते हुए।···और

जैसा कि चलन था···कुछ ले-देकर गुप्ता ने लोगों की निगाह से दूर यह जगह (परासिया) ले ली थी···।

एक बार फिर जंगल उनके आसपास थे। समृद्ध···सघन···आसमान को छूते जीवंत जंगल। इसी समय, इसी स्थान पर गुप्ता को चेतीराम और साँवली मिले थे। कुछ ही दिनों में वे दोनों गुप्ता दंपती के प्रिय सेवक बन गए थे। आसपास के माहौल से, व्यक्तियों से परिचित करवाने में, साहब का कोई भी काम करने में चेतीराम हमेशा आगे-आगे रहता था।···यहाँ आकर गुप्ता पाँच-सात महीने तो आराम से नौकरी करते रहे, पर जैसा कि रस्सी का स्वभाव होता है कि ऐंठना ···जैसा कि कुत्ते की पूँछ होती है—टेढ़ी···होना···वैसा ही स्वभाव कुछ-कुछ गुप्ता का बन गया था···। चेतीराम को सुनाई देने लगी थीं—रात में पेड़ों के कटने-चिरने और हरहराकर गिरने की मनहूस आवाजें···पक्षियों के एकाएक भयभीत होकर उड़ने···पंख फड़फड़ाने की बेचैन आवाजें···जानवरों के भागने और···चौंकने-चौंकाने की व्याकुल आवाजें···! चेतीराम समझ गया था, मालिक भी और अफसरों की तरह जंगलों को उजाड़ने आए हैं। अपने पिता से चेतीराम जंगल के लिए बनाए गए कानूनों के बारे में सुनता आया था। ताज्जुब कि उसका पिता जीवन-भर उन कानूनों की रक्षा करता रहा और न ये बड़े अफसर, न सख्त कानून, न स्थानीय नेता, न जनता और न इनकी गोद में रहने वाले लोग इन जंगलों की रक्षा कर पा रहे थे। लगता था, सब एक ही थैली के चट्टे-बट्टे हैं। चेतीराम हर बार गुप्ता को समझाने की चेष्टा करता, लेकिन जैसे ही गुप्ता के सामने पड़ता, उसकी जुबान लड़खड़ाने लगती, लेकिन एक दिन चेतीराम ने डरते-डरते बोल ही दिया—"मालिक, जानवरों का खतरा बढ़ गया है, यहाँ के लोगों का रहना मुश्किल हो जाएगा···लोग आपका नाम···" चेती पूरा वाक्य बोल पाता, इससे पहले ही गुप्ता चीख पड़े।

"क्या बकवास करते हो, अपनी जबान सँभालकर रखो···। मुझ पर इल्जाम लगा रहे हो। अपनी औकात में रहो।"

"मालिक, हरे-भरे पेड़ों की हाय···आदिवासियों के तो घर ही उजड़ रहे हैं।"

"चुप रहो···।" गुप्ता और जोर से चिल्लाए थे।

फिर चेतीराम की हिम्मत नहीं पड़ी थी···वह बेबस निगाहों से हरी-भरी धरती को उजड़ते हुए देखता रहा। देखता रहा, जिस हरी-भरी धरती पर पाँव धरने को जगह नहीं मिलती थी, वहाँ अब खाली जमीन नजर आती थी···। चेती का बचपन जिस जंगल के भीतर खेलते-घूमते···अपने पिता के साथ जड़ी-बूटियों को ढूँढ़ते-बीनते बीता था, वही जंगल अब उसके लिए अजनबी बन गया था···वहाँ वनैले जानवरों

से ज्यादा खतरनाक मनुष्यों ने अपना साम्राज्य स्थापित कर लिया था। चेती कई दिनों से देख रहा था, उस मादा कठफोड़वा को, जो अपने अंडे देने के लिए···भटक रही थी···कोटर बनाने के लिए उसे वृक्ष की तलाश थी···। हरे-भरे सघन जंगल में लंबे-लंबे सुंदर-सुघड़ वृक्ष कम ठूँठ ज्यादा दिखने लगे थे। किसी भावी संकट के लिए अपशकुन मानकर चेतीराम अनजाने ही खौफ से भर उठा था।···वक्त-बेवक्त जंगली जानवर बच्चों, बकरियों को खींचकर ले जाते। वे सब अपनी व्यथा कहते तो किससे। अचानक ही एक खबर जंगल में आग की तरह फैल गई थी कि गुप्ता को नौकरी से बर्खास्त कर दिया गया है।

"मालिक···!" चेतीराम की आँखों में सचमुच दुःख के आँसू थे, जैसे उसकी आँखें कह रही हों कि वे वृक्ष तो आपको शाप देंगे ही जो हमारे पितृपुरुष थे··· रक्षक थे—जीवनदाता थे। जिन्हें हम भी अपनी औलादों की तरह प्रेम करते थे···। वन और वनदेवताओं को रुष्ट करने वाले आज तक उनके प्रकोप से नहीं बचे थे।

"चेतीराम, चाहो तो तुम भी हमारे साथ चल सकते हो। वहीं बँगले पर रहना···। बच्चों को पढ़ाना-लिखाना और अपनी मालकिन की सेवा करना।" गुप्ता का व्यवहार एकाएक बदल गया था।

पर चेतीराम का मन उस समय गुप्ता के साथ जाने को हरगिज तैयार न था। अव्यक्त घृणा उसके मन में भर गई थी···जब मालिक का खुद का भरोसा नहीं तो वह कहाँ जाएगा और क्यों जाए उनके साथ। स्थानीय लोगों, परिंदों और जानवरों को बेघर करने वाले मालिक को आखिर उनकी हाय ले डूबी।

इधर गुप्ता के घर पर छापे मारे गए···लाखों रुपए की नकदी···जेवरात··· लॉकर्स और बेनाम संपत्ति मिली थी···एक रेंज अफसर के पास इतनी संपत्ति! तब सुर्खियों में यह खबर छपी थी।

गुप्ता का भाग्यचक्र पलट गया था···! भाई ने कोठी पर कब्जा कर लिया था···उसकी पत्नी के नाम पर जो पैसा तथा सोना था, वह भी उसने दबा लिया था···। गुप्ता के लिए वह सब गले की हड्डी बन गया था, न थूक सकते थे, न निगल सकते थे···। मुसीबत का यह वक्त गुप्ता के लिए प्राणलेवा साबित हुआ था। जवान होती लड़कियाँ···बेटे का बीच में लटका कैरियर···अपनों से चोट खाया मन···चिड़चिड़ी होती पत्नी···और कई जाँचों से घिरे···गुप्ता! 'इतना बड़ा धोखा!' एक ही बात गुप्ता के भीतर घुन की तरह लग गई थी···। अपनों के द्वारा छले जाने की यातना गुप्ता को अंदर ही अंदर सुखाए जा रही थी।

"अब क्या होगा···?"

पति-पत्नी··खामोश बैठे अपनों को कोसते रहते। घर का खर्च चलाना मुश्किल हो गया था··जहाँ जाते, लगता बेइज्जत करके निकाल दिए गए हों। उन्हें लगता, हर कोई उनकी नीयत पर संदेह-भरी निगाहें फेंक रहा है। गुप्ता को अनिद्रा और उच्च रक्तचाप की बीमारी ने पकड़ लिया था।

इधर चेतीराम और साँवली की मुसीबतें दिन ब दिन बढ़ती जा रही थीं। एक-एक मटका पानी के लिए मीलों दूर तक जाना पड़ता··आधे पेट रहना तो आम बात हो गई थी।

तीन-तीन बच्चों की हड़ीली बीमार काया देखकर साँवली का कलेजा मुँह को आ जाता था।

तीन वर्ष बाद!

किसी तरह तीन वर्ष गुजर गए।

गुप्ता का सस्पेंशन खतम हो गया था। यहीं ऑफिस में अटैच्ड कर दिया गया था। जीवन में थोड़ा-सा सुकून मिला था नौकरी बचने से।

आज चेतीराम और साँवली को अपने सामने देखकर गुप्ता को बीते दिन याद हो आए···।

"मालिक, कोई काम मिलेगा?"

"तुम तो जानते हो चेती, सरकार ने हमारे खिलाफ कितनी सख्त कार्रवाई की है। हम खुद परेशानी में चल रहे हैं।"

"मालिक, हमने तो आपको चेताया था, पर···?"

"जब खराब वक्त आता है तो मति मारी जाती है···चेतीराम!"

"हम बड़ी आस लेकर आए हैं मालिक।" चेतीराम की सूनी निगाहें गुप्ता के चेहरे पर ठहर गईं।

गुप्ता ने बीस का नोट उसकी गद्दी पर रखा, "कुछ खाने-पीने के लिए ले आओ।"

नई जगह··नए लोग··चेतीराम क्या जाने कि कहाँ क्या मिलेगा···? पास की चाय की दुकान से···थोड़ा-बहुत खाने का सामान ले आया···और बच्चों को खिला दिया।

"हम आपके सिर पर बोझा नहीं बनना चाहते हैं मालिक।" चेती के पिचके गाल और अंदर धँसी आँखें देखकर··गुप्ता का मन भर आया। इधर चेती को लग रहा था, मालिक बेवक्त बूढ़े हो गए हैं···। कैसा भरा-भरा चेहरा था। उधर पत्नी

बड़बड़ किए जा रही थी, क्योंकि साँवली पहले की तरह साफ-सुथरी, चमक-दमक वाली नहीं रह गई थी···। तीन-तीन बच्चे बाहर शोर मचाते रहते हैं।

"कहाँ जाएँगे बेचारे! उम्मीद लेकर आए हैं।" गुप्ता पत्नी को समझा रहे थे।

"चेती, तुम भी काम ढूँढ़ो और हम भी देखते हैं।" नाले के किनारे पेड़ों के नीचे—जैसे तमाम मजदूरों ने पन्नियों और बोरों को खींचकर खोली बना ली थी, वैसी ही व्यवस्था चेती कर सकता था···

आते-जाते कई लोगों से गुप्ता बात कर रहे थे। दोपहर से शाम हो जाती। शाम से सुबह···। खुले आसमान के नीचे पड़े पाँच आदमी सूनी आँखों से आकाश को ताकते रहते···। बेशुमार गाड़ियों से भरे शहर में···उनके लिए कोई ठिकाना न था···।

"इन्हें जाने क्यों नहीं देते! क्यों बैठा रखा है?" पत्नी ने नाराज होकर कहा।

"एक-दो दिन में काम मिल जाएगा। अपने आप चले जाएँगे।" गुप्ता ने पत्नी को समझाते हुए कहा। गुप्ता के मन में जो योजना चल रही थी, वह फिलहाल पत्नी को भी नहीं बताना चाहते थे। जो व्यक्ति यह काम करवाना चाहता था, वह भी गुप्ता के साथ पार्टनरशिप करने के लिए तैयार था; पर गुप्ता ही असमंजस में थे, वह उस पर भरोसा नहीं कर पा रहे थे। सगा भाई जब अपना न हुआ तो···पराया क्यों साथ देगा! जिसके नाम जो चीज होती है, वही अपनी कहने लगता है और करने वाला रह जाता है···। गुप्ता ने कितना किया था, कितना कमाया था, लेकिन आज क्या है हाथ में सिवाय अपयश और बेईमान भ्रष्ट उपाधि के!

फिर भी गुप्ता को एक मौका मिल रहा था, जिसका वह फायदा उठा लेना चाहते थे, इसलिए गुप्ता और उनका दोस्त भट्ट लगातार उस योजना पर बात कर रहे थे। दोनों को फायदा दिख रहा था और एक ऐसा व्यक्ति, जो फिलहाल यहाँ से नहीं जा सकता था, तो क्यों न उसके आने का, उसके नाम का, उसकी जाति का, उसको मिलने वाली छूटों का फायदा उठा लिया जाए। भट्ट चूँकि इंडस्ट्रीज विभाग में अधिकारी थे और उनके संपर्क में ऐसी तमाम योजनाओं को बनाने वाले लोग आते थे, जिनका मकसद अल्पकालीन सप्लाई का काम पकड़कर पैसा बचाना होता था! "महिला आदिवासी हो तो और भी फायदेमंद रहेगा···तुरंत काम मिल जाएगा···कोई पुरानी सोसायटी हो तो खरीद डालो···और लाइसेंस ले लो। एकाध साल सप्लाई करके बंद कर देना···।" गुप्ता के दोस्त ने प्रोजेक्ट की फाइल थमाते हुए कहा।

“वह मानेगा?···पूछेगा···? बताना पड़ेगा उसे···तब तो उसका भी हिस्सा रहेगा। कल के दिन कुछ हो गया तो वह मेरे खिलाफ खड़ा हो जाएगा।” गुप्ता सशंकित होकर बोले।

“आपके खिलाफ कैसे जाएगा? अपने पास रखो। अपने साथ! बड़े-बड़े लोगों ने आदिवासियों के नाम पर जमीनें ले रखी हैं। फिर आप तो उसको परिवार सहित सहारा दे रहे हैं।”

“इससे अच्छा मौका नहीं मिलेगा। वह भी मजबूर है चूँ-चपड़ नहीं करेगा···।” गुप्ता को सारी योजना साकार होती नजर आ रही थी···। गुप्ता का दिमाग कंप्यूटर की तरह काम करता है···हिसाब-किताब···लाभ-हानि···कहाँ किसको कैसे फिट करना है···पटाना है···दबाना है···! मँजे हुए खिलाड़ी की तरह···खेलना जानते हैं गुप्ता। सुबह लॉन में चाय पीते गुप्ता का चेहरा खिला हुआ था।···वही वर्षों पुरानी मुस्कान थी उनके चेहरे पर! एक रहस्यमयी मुस्कान!

“चेती, तुम्हारे लिए एक कमरा देखा है···वहाँ जाकर रहो···बच्चों को जुलाई से स्कूल में भरती करवा देना। साँवली घर का काम करेगी···या बच्चों को सँभालेगी?” गुप्ता के स्वर में गहरी आत्मीयता थी···। अपनत्व था; अधिकार था···। वे अपने जीवन की दूसरी पारी खेलने जा रहे थे···जिसके कर्णधार थे चेतीराम और साँवली। और गुप्ता थे सारथी, उनका दोस्त था पीछे से हाथ लगाने वाला। साइड बिजनेस और प्रोजेक्ट तो ऐसे ही पूरे किए जाते हैं।

बड़ी-बड़ी परियोजनाओं पर काम करने वाले लोग जानते हैं कि सफलता कहाँ और कैसे मिलती है···? गुप्ता तथा भट्ट के संपर्क थे। व्यवसाय करना जानते थे। पैसा फेंकना आता था और पैसे से कैसे पैसा बनाया जाता है, इसमें दोनों पारंगत थे। डेढ़-दो वर्ष बाद ही गुप्ता की लड़कियाँ अच्छे स्कूल-कॉलेज में पढ़ रही थीं। लड़का एम०बी०ए० करने के लिए लंदन चला गया था और श्रीमती गुप्ता अपने खूबसूरत चेहरे पर मोहिनी मुस्कान लिए···फिर शॉपिंग करने के लिए जाने लगी थीं···लेकिन चेतीराम···जिस इंडस्ट्री का प्रोप्राइटर था और जिस संस्था की सचिव साँवली (अध्यक्ष गुप्ता की पत्नी) थी···उसका परिवार···वहीं, उसी एक कमरे में रह रहा था। हाँ, दोनों बच्चे सरकारी स्कूल में जाने लगे थे और साँवली पहले की तरह मालकिन की सेवा करती हुई उनकी उतरन पुरानी साड़ियाँ पहन रही थी···अँगूठा लगाने और हस्ताक्षर करने की इससे ज्यादा और क्या कीमत हो सकती थी···गुप्ता जब कभी एकांत में···सोचते तो उनकी अंतरात्मा···उनसे पूछती ···पहले तुमने जंगलों को लूटकर कमाया था और जब जंगल वालों को···लेकिन

यह सोच क्षण-भर के लिए उठती जैसे पानी का बुलबुला···उठा और फूटा···फूटा और पानी की धार में मिल गया···। काम खतम होते ही चेतीराम अपनी जगह और गुप्ता फिर जंगलों के बीच होंगे। इसी आशा में गुप्ता अपना समय काट रहे थे। लेकिन उस दिन गुप्ता जी की नींद उड़ी हुई थी। दो दिन से चेती और साँवली का कहीं अता-पता नहीं था। हफ्ता-दस दिन की प्रतीक्षा के बाद भी वे सब नहीं आए थे। गुप्ता ने सब जगह ढूँढ़ लिया था। गुप्ता पुलिस में गुमशुदगी की रिपोर्ट नहीं लिखवा सकते थे, क्योंकि वे उनका कोई सामान चुराकर नहीं ले गए थे। जो नुकसान उनके न होने पर होने वाला था, वह गुप्ता किसी के सामने प्रकट नहीं कर सकते थे। सब एक-दूसरे को दोषी ठहरा रहे थे···खासकर गुप्ता की पत्नी ने ताने मार-मारकर गुप्ता को परेशान कर दिया था। और उधर चेती गुप्ता के काम और ईमान दोनों को पूरी तरह से समझने के बाद जंगलों के भीतर···और भीतर घुसता चला गया था। जंगलों के इतने भीतर कि जहाँ से राजधानी के प्रमुख विभागों को थर्रा देने वाले और साँसत में डाल देने वाले बम के धमाकों की गूँज सुनाई देती थी।

तीसरा मोड़

वह तीसरे मोड़ पर खड़ी थी।

उसका चेहरा इसी तरफ था। घर की तरफ आधा⋯जिस तरफ विरोधी हवाएँ चल रही थीं⋯दूर से देखने पर वह शांत दिख रही थी⋯उसने अपने भावों और मुद्राओं को दबाकर रखा था। मसलन आँखों में आँसुओं को⋯गालों पर पड़ती क्रोध-भरी लालिमा को⋯होंठों की फड़फड़ाहट को आवेश से काँपती देह को⋯ लंबे-लंबे उच्छ्वासों को। उतरती धूप की चमक उसके चेहरे को तपा रही थी ⋯एक सूरज ऊपर था तो दूसरा उसके भीतर⋯तप रहा था। उसके हाथ में थमा बैग पसीने की वजह से फिसल-फिसल रहा था⋯पर⋯वह उसको ऊपर खींच लेती थी। लगता था, वह गहरे सोच में डूबी⋯आसपास से बेखबर खड़ी थी⋯कंधे पर पड़ी खिसकती एप्रिन पर उसका ध्यान न था और स्टेथेस्कोप गले में पड़ा था⋯

दरवाजे के बीचोबीच वह खड़े थे⋯तमतमाए हुए दुबले-पतले शरीर को कुछ टेढ़ा किए हुए⋯होंठ चबाते⋯आँखें मिचमिचाते हुए एक पाँव पर कमर को झुकाए हुए।

“आखिर क्या चाहते हैं आप⋯कि अब वह मना कर दे। बात इतनी आगे बढ़ चुकी है। यदि इतना विरोध था तो पहले लड़का क्यों नहीं देखा⋯अब उसने पसंद कर लिया है तो अच्छे मन से हाँ कह दीजिए⋯क्या बुराई है लड़के में⋯ परिवार में⋯?” पत्नी कहते-कहते रुकी⋯फूटती रुलाई को जब्त करते हुए नरमी से बोली, “वह आपकी ही बेटी है जिद्दी, सिद्धांतवादी⋯एक राह पर चलने वाली ⋯आप एक बार बात करके तो देखें।”

“जब उसने सारी बात कर ली तो हम क्या कहें!”

“अच्छा, पहले उसे बुला तो लो।”

“हमने कब उसे जाने के लिए बोला था?”

“जली-कटी सुनाओगे तो कब तक सुनेगी वह⋯जनम से लेकर अब तक कितना किया है उसने हम सबके लिए⋯कदम से कदम मिलाकर चली है। आपके दुःखों में, संघर्षों में, फैसलों में,⋯हर मोड़ पर लड़की खड़ी रही⋯दोनों भाइयों से,

चाचाओं से यहाँ तक कि हमसे तक···लड़ती रही और आज जब उसके जीवन का सबसे बड़ा, सबसे निर्णायक फैसला होना है, तो आपने मुँह फेर लिया···दो टूक बोल दिया कि वह जाने···अच्छा-बुरा जो भी होगा, वह भुगते···कैसे पिता हैं आप ···आशीर्वाद देने की बजाय बददुआ दे रहे हैं···"

वह लगातार उँगलियाँ चटकाते हुए, पत्नी की बातें सुने जा रहे थे। देहरी के बाहर···कदमताल करते हुए भी···पाँव डगमगा रहे थे, उनके भीतर का मन आहत था, अपमानित था···उससे भी चढ़कर उनका पिता होने का स्वाभिमान, बल्कि अहंकार फुफकार रहा था···बड़ों से लेकर छोटों तक हरेक के फैसले पर खरी-खरी बातें सुनाने वाले वे अपनी ही बेटी के सामने समर्पण के लिए विवश हुए जा रहे थे···।

"बेटा···पिंकी···!" माँ ने वहीं से आवाज लगाई। उनका मन ऐसा फड़फड़ा रहा था जैसे···भूखे बछड़े के लिए व्याकुल गाय···भागती चली आती है। बाप-बेटी के बीच माँ कभी···बेटी के सामने पिता के मान-सम्मान, इच्छा-अनिच्छा, सपनों तथा सामाजिक प्रतिष्ठा का वास्ता देती तो पिता के सामने बेटी के सपनों और खुशियों का···

और उधर बेटी का गुलाबी नरम···सुंदर खिलखिलाता चेहरा माँ की आँखों के सामने ठहर जाता। जैसे-जैसे वह बड़ी होती गई थी, उसका व्यक्तित्व बहती नदी की धार-सा फैलता गया था। बुआ, चाचा-चाची, भइया-भाभी, दादा-दादी ···अपने दोस्तों और साथी लड़कों के बीच···वह एक अलग पर्सनैलिटी वाली लड़की के रूप में स्थापित होती गई थी···। तेजस्वी चेहरे पर दमकता अदम्य विश्वास···चमकती आँखें, हर काम में होशियार और मेडिकल कॉलेज में हमेशा दूसरी-तीसरी पोजीशन पाने वाली पिंकी को साथी लड़के से प्यार हो गया था और प्यार की परिणति अब विवाह में होने जा रही थी, जिसके लिए सिवा माँ के कोई तैयार न था। किसी को उनके अन्य जाति का होने से एतराज था तो कोई स्थान विशेष के लोगों में रिश्ता नहीं करने के पूर्वग्रह से ग्रस्त था, तो किसी को परिवार तथा लड़का अपने स्तर का नहीं लग रहा था। सात वर्षों तक जिस बहन ने अपने भाई के प्यार को बचाकर घंटों बहस करके, विवाह करवाकर दम लिया था, वही आज अकेली खड़ी थी। नितांत अकेली···! घंटों-घंटों की बहस···सफाई···अपने कैरियर और सपनों को लेकर कितने तर्क दिए थे उसने···पर भाई और भाभी की तटस्थता ने उसे भीतर से तोड़कर रख दिया था। छोटा भाई भी दूर देश में रहकर असमर्थता व्यक्त कर रहा था और पूरा खानदान बचाव की मुद्रा में था। बस, माँ

का मन ही कभी इस डाल पर कभी उस डाल पर फर-फर उड़ता रहता है, बेचैन परिंदे-सा।

"अपने पापा की बातों का इतना बुरा मानते हैं?"

"पापा को समझना चाहिए, भइया की शादी के लिए तैयार हो गए थे क्यों, क्योंकि भाभी के पिता अच्छी पोस्ट पर थे। उनका स्टेटस था। यह सच नहीं है क्या?"

"जानती तो है जिद्दी हैं वे···" माँ ने बात बदलते हुए कहा।

"सौ साल पुरानी सोच को लेकर चल रहे हैं···एकदम दकियानूसी···मैं नहीं जानती थी कि उनकी सोच आज भी वही होगी। इतना पढ़ा-लिखा होना किस काम का! सबको बताती हूँ।"

"बुआ को फोन करती हूँ···डेढ़ साल हो गया है, मुझसे बात नहीं करते हैं ढंग से···क्या गुनाह क़िया है मैंने।" इस बार उसके होंठ फड़फड़ा उठे रुलाई के भावावेग के कारण।

"बुआ पर और चिल्लाएँगे कि सारी शह उन्हीं की है।" माँ ने उसके नाजुक-सुंदर हाथों से थैला खींच लिया। वह उसके सिर पर हाथ फेरे जा रही थीं।

"बात करके ही रास्ता निकलेगा। तुम्हीं थोड़ा-सा झुक जाओ। पिता के सामने कैसी जिद!"

"मेरी कोई गलती नहीं है माँ, इतने अच्छे लोग हैं, न दान-दहेज···न कोई नखरे, फिर भी। पापा कोर्ट के फैसले घर में लागू करना चाहते हैं। मैं कोई मुजरिम नहीं, उनकी बेटी हूँ···माँ, हमारा एक जैसा जॉब होगा तो अंडरस्टैंडिंग रहेगी। सात साल से हम एक-दूसरे को जानते हैं। हम अपना काम और जीवन ठीक से चला पाएँगे। आपको तो समझना चाहिए न।"

"यही बात पापा से कहो न।" माँ ने हाथ पकड़कर फिर उसे सीने से लगाकर कहा···प्यार से बाल सहलातीं वह···उसे अंदर खींचे ले जा रही थीं···। दो छोर पर खड़े पिता-पुत्री को बीच में लाना जरूरी था।

"माँ, मैंने कह दिया···अगर पापा नहीं माने तो मैं कोर्ट मैरिज कर लूँगी। तब इनकी नाक नीची नहीं होगी···?" वह तैश में आकर बोल रही थी—"बताओ, आप मेरा साथ दोगी या नहीं? मैं आपका फैसला सुनना चाहती हूँ। हाँ या ना। बोलो।"

वे हड़बड़ाकर वहीं खड़ी रह गईं···। लगा पाँवों के नीचे से जमीन धँसती जा रही है।

"देखो, यह क्या कह रही है?" आँसू पोंछते हुए बेबस-सी वे दोनों तरफ देखे

जा रही थीं···।

एक तरफ बेटी का जीवन था, दूसरी तरफ पति का अहंकार।

"क्या तमाशा बना रखा है?" उन्होंने सख्त आवाज में पूछा।

"बोलो···बोलो पापा से कि···।"

"इतना बड़ा फैसला लेने से पहले क्या मुझसे पूछने की जरूरत नहीं थी? अच्छा-बुरा सब समझ चुकी तो इतनी बड़ी हो गई हो···यह दिखाना चाहती हो कि हम विरोध कर रहे हैं, नहीं मानेंगे तो कोर्ट मैरिज कर लोगी···" उनकी आवाज तेज होती जा रही थी और सख्त भी।

"पापा!" उसने बीच में रोका, "क्या आप एग्री हैं? यदि हाँ, तो मैं आपसे बात करूँ···उन लोगों से बात करवाऊँ—जब दूसरों को मुझ पर विश्वास है···तो आपको उन पर क्यों नहीं···कब तक आप छोटी-छोटी बातों पर इगो लाते रहोगे···कब तक?"

तीनों के बीच गहरा सन्नाटा छा गया, जैसे उत्तर ढूँढ़ने के लिए कहीं और कुछ खोज रहे हों···वह···डबडबाई आँखों से पापा का सख्त···चेहरा देखे जा रही थी···हलके-से गड्ढे पड़े गालों की नसें चटक रही थीं···दाँतों से होंठ चबाते वे··· जमीन में देखे जा रहे थे···बर्फ की शिला से धीरे-धीरे बहता पानी···जैसे आसपास की जमीन को सोख लेता है···लग रहा था उनके भीतर की मिट्टी···कुछ-कुछ नरम होने लगी है।

"पापा! मुझे मुकेश को जवाब देना है और उन्हें अपने पेरेंट्स को···।"

उन्होंने नजरें उठाकर देखा···सामने बेटी नहीं, एक निर्णायक भूमिका में परिपक्व युवती नजर आ रही थी—जो इलाज करते वक्त अपनी डॉक्टरी में नाम कमा चुकी थी।

"जानती हूँ, मेरे फेवर में आने में आपको कष्ट होगा। संताप होगा···। पर पापा···जो काम आपकी सहमति से होगा, वह मेरे लिए सम्मानजनक होगा। आपकी बेटी आपसे कुछ नहीं माँग रही है, न प्रॉपर्टी, न दहेज···न···उस तरह के तामझाम···। सिर्फ···आपका सहयोग और आशीर्वाद माँग रही है···क्या वो भी नहीं दोगे···एक बार जाति-धर्म, छोटे-बड़े स्तर से उठकर सोचिए···आपको सब कुछ अच्छा लगेगा···। इससे ज्यादा मैं आपसे कुछ कहना नहीं चाहती। मैं भी थक गई हूँ···यह सब करते-करते।" कहकर उसने अपना बैग उठाया और स्टेथेस्कोप को लपेटकर जेब में रखते हुए चश्मा पहना और बाहर निकल पड़ी—यह कहते हुए कि "यदि सहमति हो तो हॉस्पिटल में आ जाइए, हम दोनों आपका इंतजार करेंगे।"

इस बार उसने न पीछे पलटकर देखा··न ही तीसरे मोड़ पर जाकर खड़ी हुई। उन्हें लगा, इस बार उन्होंने बेटी का साथ नहीं दिया तो जीवन-भर उसकी उन नजरों का सामना नहीं कर पाएँगे, जिनमें उनसे सहयोग और स्नेह की चाहत छटपटा रही थी। सहसा उनकी नजर आसमान में उड़ते उन असंख्य कतारबद्ध पक्षियों की ओर जा टिकी जो अपने घोंसलों की तरफ उड़े जा रहे थे··वे कितने निश्चिंत थे··कितने शांत—खुले रंग-बिरंगे आसमान में। उन्हें लगा, उन्हें भी पिंकी को खुले आसमान में उड़ने का मौका देना चाहिए··वह अकेली उड़े इससे पहले ही उन्हें··वहाँ पहुँच जाना चाहिए।

आशिक अली

आशिक अली नाम है, उस आदमी का। अब आप कहेंगे, ऐसा कौन-सा अनूठा नाम है। हर व्यक्ति का कोई न कोई नाम होता ही है, वरना इस सृष्टि में असंख्य प्राणियों यानी मनुष्य जाति में कैसे पहचाना जाएगा? वैसे तो कोख में आते ही धर्म, जाति, संप्रदाय, कुल, गोत्र निर्धारित हो जाता है···पर कुछ आत्माएँ ऐसी होती हैं, जो इन सबको खोल समझती हैं और उनसे बाहर निकलने के लिए छटपटाती रहती हैं ताउम्र! लेकिन आशिक अली, रामसेवक, रामप्रसाद जैसे नाम होने के बावजूद उन लोगों की कोई पहचान नहीं होती। दंगा-फसाद हो···तूफान आया हो, भूकंप से तबाही मची हो, युद्ध का उन्माद हो या समंदर से उठने वाली उत्ताल लहरें···हर देश···हर समय···हर स्थान पर यही आदमी मारा जाता है। इसी के नाम पर होती हैं घोषणाएँ—चुनावी घोषणा पत्र भी उसी के लिए बनते हैं, चुनाव के समय यह आम आदमी खास बन जाता है। वोट बैंक में बदल जाता है और भीड़ बढ़ाने के लिए यह उपयोगी तो है ही। और मुआवजा देने की घोषणा में यह आम और कभी-कभी खास आदमी अमीबा की तरह अमर होता है···जिसका अस्तित्व होता भी है और वह कहीं नहीं भी होता।

हाँ, तो नाम भले ही उसका आशिक अली हो, पर वह न तो शक्ल से आशिक लगता था और न सीरत से अली। हर बार की तरह आज भी वह थाने पर स्वयं नहीं आया था, बल्कि लानत-सानत भेजकर थानेदार द्वारा बुलवाया गया था—"क्यों बे साले, दो हफ्ते हो गए और तू आया नहीं। क्यों बे चिलगुजे, सच-सच बताना। यह तेरी ही करतूत तो नहीं। हरामी, बनता सीधा-सादा है, पर भीतर से भी तो काला है···इस चमड़ी की तरह।" ऐसी वाहियात गालियाँ जो कि पुलिसवालों के प्रिय संबोधन होते हैं, सुनकर आशिक अली ऐसे खड़ा था, जैसे आसपास कोई हो ही नहीं। थानेदार की बातों का उस पर जरा भी असर नहीं पड़ा। केंचुए की तरह वह सिकुड़ गया था···और मजे की बात है कि वह आज भी उसी स्थान से घसीटकर धकियाते हुए लाया गया था, जहाँ कभी उसका घर हुआ करता था। रात-भर वह उसी पुराने—जैसे कि लोग कहा करते हैं हजारों वर्ष पुराने

पीपल के वृक्ष के नीचे माथा पकड़कर बैठा हुआ था। आशिक अली को लगता है कि यह तो सदियों पुरानी बात है और आप सोचेंगे कि यह कैसे दावा किया जा सकता है कि आशिक अली वहीं वैसे ही बैठा रहा होगा, सोया नहीं होगा, इधर-उधर नहीं गया होगा, उसने नित्य कर्म नहीं किया होगा···जनाब, इस मामले में भी आशिक अली जिद्दी है। पक्का धुनी। इस मिट्टी में ही कुछ औघड़पन है···। दुनियादारी में जीने और उससे निर्विकार रहने की रहस्यमयी बात है। उस स्थान से उसका संबंध ही कुछ ऐसा है कि जड़ों की तरह चिपककर बैठ गया है—उखाड़ो, खोदो, खींचो···कितना तोड़ोगे? कितना खोदोगे? कितना उखाड़ेंगे? आशिक अली मन ही मन जैसे सबकी मूर्खता पर हँसता रहता···। लामटा रोड पर उसका मकान दाएँ हाथ पर था, जिस तरफ पोस्ट ऑफिस तिराहे से लेकर हर्रा नाला तक और कोई मकान न था। आशिक अली के अलावा। तब जमीन को लेकर लोगों के बीच इतनी मारकाट नहीं थी। दावा-सावा नहीं ठोका जाता था। नाले के बाद सड़क के दोनों तरफ रिहायशी मकान बने थे, जो रौंधा टोला तक फैल गए थे। पर हर्रा नाला और पोस्ट ऑफिस तिराहे के बीच यदि लामटा से आएँ तो बाईं तरफ और यदि लामटा जाएँ तो दाईं तरफ इकलौता ऊँघता-सा मकान, जिसमें सिर्फ मिट्टी, लकड़ी, छुई मिट्टी और गोबर का भरपूर इस्तेमाल किया गया था···दिखता था। यहीं आशिक अली का आशियाना था। आशियाना इकलौता क्यों था? यह राज आपको बाद में पता चलेगा! उस आशियाने में वह अपनी एक अदद बीवी और दो बेटियों के साथ रहता था। शेष खानदान का पता किसी को भी न था···। न वह इस बारे में कभी चर्चा करता था।

अब आप सोच रहे होंगे कि यह आशिक अली है कौन? किस शहर का, किस गाँव का या कस्बे का निवासी है। इसका काम-धंधा यानी रोजगार क्या है, जिससे वह स्वयं का तथा परिवार का भरण-पोषण करता होगा, क्योंकि इस मुल्क में भूखों मरने वालों की शहादतें दी जाती हैं। हर रोज ऐसे अनजान अज्ञात मरने वालों को यूँ ही कोई नहीं पूछता। हाँ, अगर विरोधी पार्टी के सामने मामला आ जाए तो इश्यू उठा दिया जाता है कि फलाँ आदमी भूख से मर गया। उसके पास घास तक नहीं थी खाने को या वह जहरीली घास खाकर मर गया···बस, बैठा दी जाती है जाँच, वह भी उच्च स्तरीय! एक और घोषणा की संख्या बढ़ जाती है और लोग भूल जाते हैं कि कब कौन कैसे मरा था···? लोगों के पास रोजगार हो तो खाने को मिले। खाने को मिलेगा तो वह मरेंगे क्यों। मशीनों ने आशिक अली जैसे लोगों को निरंकारी बना दिया है। हाँ, तो अब तक आपने आशिक अली नाम से

अंदाज लगा लिया होगा कि यह बंदा जाति का मुसलमान है। राजनीति का हॉट केक! पर उसका नाम पढ़कर आप भ्रम में पड़ गए। हमारा आशिक अली इसी नाम के कारण तो एक संप्रदाय विशेष का नुमाइंदा लग रहा है। हाँ, दो और बातों से उसकी यह जातीय पहचान पक्की हो सकती है। एक यह कि ईद और बकरीद दोनों अवसरों पर वह मस्जिद जाता था और मस्जिद से लौटकर पाँच किलो सिवईं की खीर या फिर पाँच किलो बकरे का मटन अपने हाथों से बनाता था। अब आप भ्रम में पड़ गए होंगे कि ऐसा व्यक्ति सिर्फ मुसलमान ही हो सकता है। आप ही क्या शुरू-शुरू में तो हर व्यक्ति धोखा खा जाता था। अब रहस्य से परदा उठाना जरूरी है, क्योंकि कहानी को आगे भी तो बढ़ाना है। तो जनाब ये बात पक्की है कि आशिक अली ईद और बकरीद पर मस्जिद जाता था। नए सफेद कपड़े पहनकर कान में इत्र-शित्र का फाहा खोंसकर—वैसे इत्र तो वह साल-भर लगाता था, क्योंकि यह उसकी नैतिक मजबूरी थी—यह भी तय था कि वह नमाज अदा करके सिवइयाँ या फिर मटन बनाता था। बस, यहीं तक वह मुसलमान था। इधर आपके मन में यह जिज्ञासा जरूर पैदा हो रही होगी कि लामटा रोड पर पोस्ट ऑफिस तिराहे से लेकर हर्रा नाला तक लामटा जाते वक्त दाईं ओर या लामटा से आते वक्त बाईं ओर ऐसा क्या था कि इस तरफ सिर्फ आशिक अली के आशियाने के अलावा कोई दूसरा मकान नहीं था—जबकि इस देश में करोड़ों लोगों के पास अपना रहने का मकान क्या, झोंपड़ी तक नहीं है··· उसके मकान के ठीक सामने विशालकाय पीपल का वृक्ष था, जिस पर असंख्य मनौतियों के धागे बँधे थे। अधूरी मनोकामनाओं को पूर्ण करने के लिए की गई करबद्ध प्रार्थनाओं के रंग में रँगे धागों को देखकर जीवन की अपूर्णताओं, वो भी स्त्री-जीवन की अपूर्णताओं से उपजे दर्द तथा बेचैनी का अहसास होता था। हल्दी, चावल, सिंदूर और चंदन से रँगा पीपल का धड़ स्त्रियों की आंतरिक भावनाओं और इच्छाओं को पूर्ण करने, उनकी आस्था तथा विश्वास का मौन साक्षी था··· आशीष देने वाला बुजुर्ग! दिन में हिंदू औरतें उसकी पूजा, आराधना करतीं और रात्रि में कथानुसार उस पीपल पर ब्रह्मदेवता विराजमान हो जाते। घनघोर अंधकार हो या चाँदनी रात पीपल का वृक्ष सैकड़ों पक्षियों को अपने आगोश में लिए रहता। शाम ढलते ही आशिक अली की बीवी पीपल के पास बने चबूतरे पर ईंटों की बनी आड़ में एक मिट्टी का दीया रख देती थी। एकाकी मौन··· जलता यह दीया वहाँ मनुष्य के होने का अहसास करवाता था। ऊपर ब्रह्मदेवता। नीचे दीया और सामने आशिक अली का मकान! ऊपर अंधकार! नीचे प्रकाश! यद्यपि अब तक बिजली आ गई थी, पर खंभों पर

ट्यूब या बल्ब नहीं लगे थे। लगे भी होंगे तो चुरा लिए गए होंगे। सरकारी संपत्ति यहाँ इसी रूप में देखी तथा इस्तेमाल की जाती है···। घरों में पावरकट के कारण ज्यादातर दीयों, लालटेनों या मोमबत्तियों से काम चलाना पड़ता था। जिस प्रकार स्वतंत्रता के इतने वर्षों बाद आम हिंदुस्तानी वहीं पर है, जहाँ गोरी चमड़ी वाले छोड़कर गए थे···यानी बेपनाह गरीबी···अभाव···। कपड़ों, छत और अनाज के लिए मारामारी। वही विपन्नता का काला पहाड़! इसलिए बिजली आने के बाद भी सघन अंधकार छाया रहता था। पहले अँधेरा छँटने की आशा थी, लेकिन अब आशा की जगह हताशा थी···निराशा थी···भय था कि···अब क्या होगा। तो ऐसी ही निर्जन अँधेरी एकाकी, स्तब्ध रात्रि में पीपल के नीचे बने चबूतरे पर आशिक अली की बीवी द्वारा रखा वह नन्हा दीया किसी दिव्य प्रकाश-सा प्रतीत होता था। जिस दीये को साहित्य में आलोक फैलाने वाला कहा जाता है, वहाँ वही दीया रहस्यमय भय फैलाता था···आसपास की निर्जनता···वृक्ष की साँय-साँय करती डरावनी शाखाएँ···आपस में टकराते पत्ते···फड़फड़ाते हुए पक्षी···और पीछे खड़े कटहल के पेड़। जहाँ दिन में भी गोधूलि बेला जैसा अंधकार हो, वहाँ रात्रि में अंधकार की कल्पना की जा सकती है। वहीं से करीब सौ डेढ़ सौ मीटर की दूरी पर चीरघर था। चीरघर के कारण ही कोई भलामानुष उस लाइन में घर नहीं बनाता था, क्योंकि चीरघर के बाद भी खाली मैदान था···मैदान से लगी बेकार भूमि थी। वहीं से लगभग पाँच से दस किलोमीटर की दूरी पर था अस्पताल का वह वार्ड, जिसमें संक्रामक मरीजों को रखा जाता था। यह सरकारी अस्पताल पोस्ट ऑफिस तिराहे से गढ़ी रोड पर था। चीरघर की तरफ संक्रामक मरीजों के वार्ड के अलावा एक किलोमीटर तक कोई मकान नहीं था। वहाँ संक्रामक मरीजों के कीटाणु चारों ओर हवा में तैरते रहते थे···। यहीं पर एक सरकारी बँगला पड़ता था, जो अकसर खाली रहता था···हाँ, कभी-कभार सरकारी अफसरों का क्लबनुमा अड्डा बन जाया करता था। यहाँ शराब-शबाब और जिंदगी की छिपी रंगीनियाँ बिखरा करती थीं। उसी के ठीक बाजू में चीरघर के समानांतर कंपाउंडर टोले की तरफ रोड जाता था, कंपाउंडर टोले की बाईं तरफ सुनसान था। सारी बस्ती दाईं ओर ही आबाद थी। तो आप चाहे लामटा टोले पर हों या गढ़ी रोड पर, आपको उस खेतनुमा मैदान की लंबी-चौड़ी जमीन पर सिर्फ दो ही चीजें दिखेंगी—एक आशिक अली का आशियाना और दूसरा चीरघर। अब भला आशिक अली का चीरघर से क्या संबंध! कोई पुरानी घटना! अतीत की स्मृति। वह भी नहीं। चीरघर की जिस भयावहता, गंदगी, डर और आतंक से कोई व्यक्ति वहाँ रहने की कल्पना

नहीं कर सकता था, वहाँ आशिक अली बाकायदा परिवार के साथ रहता था। तो जनाब, यह वह जगह थी, जहाँ सरकारी डॉक्टर लाशों की चीरफाड़ किया करता था। किसी की हत्या हो गई हो, किसी का एक्सीडेंट हो गया हो या किसी को किसी जंगली जानवर ने अधमरा छोड़ दिया हो या आधा खा लिया हो···या बलात्कार के बाद उसकी हत्या कर दी हो···कभी-कभी जहर देकर मारने या डूबकर मरने-मारने के केस भी आते थे, जिन्हें डॉक्टर को सुलझाना-निपटाना पड़ता था। वहाँ डॉक्टर के साथ एक स्वीपर होता था, जो डॉक्टर के निर्देशानुसार चाकू से चीरफाड़ कर हथौड़े से खोपड़ी को खोलता था। उस समय नारियल को फोड़ने और मनुष्य की खोपड़ी तोड़ने-फोड़ने की आवाज लगभग एक जैसी सुनाई देती थी, जिसका आदी आशिक अली तथा उसका परिवार था। आशिक अली इन सभी घटनाओं तथा स्थितियों को निरपेक्ष भाव से ग्रहण करता था।

अब आप पूरे भूगोल को अपने दिमाग में बैठाने की कोशिश करेंगे तो आपको आशिक अली के आशियाने की तस्वीर नजर आने लगेगी। वैसे देखा जाए तो एक दृष्टि से उसका आशियाना पूरे कस्बे में निरापद भी था। अलबत्ता छोटी-मोटी चोरियाँ अकसर होती रहती थीं। इन चोरियों की संख्या तब और बढ़ जाती थी जब रामलीला, नौटंकी, डांस, पार्टी या टूरिंग टॉकीज आती थी और महीनों तक कस्बे के लोग उनके रंग में डूबे रहते थे। पिछले पंद्रह सालों का रिकॉर्ड उठाकर देखा जाए तो हर घर में चोरी जरूर हुई होगी। पीपल पर विराजमान ब्रह्मदेवता के अलावा अकस्मात् हुई मौतों से मुक्त आत्माएँ या तो इन वृक्षों पर निवास करती होंगी या चीरघर में ही पर्दानशीं की तरह रहती होंगी। यहाँ आपको बता दूँ कि आशिक अली को न तो आत्माओं से भय लगता था, न चीरघर से। न उसे मुर्दों की बू आती थी, न घिन लगती थी। कोई भी मौसम हो, कोई भी मंडली आती-जाती हो, आशिक अली का आशियाना हमेशा महफूज रहता था। तो जनाब, जिसका घर इतना सुरक्षित हो, जो किसी के लेन-देन में न हो, वह भला थाने क्यों जाएगा? गाँव में तो लोग आज भी यही कहते हैं कि भैया थाने और कोर्ट-कचहरी से भगवान् बचाए। जर और जमीन उसके पास थी नहीं। अब मसला सिर्फ जोरू का बचा तो वह भी अपने समय की भरपूर बदसूरत औरत थी, इसलिए आशिक अली तीसरी विपदा से भी बचे रहे। रही बात बच्चियों की तो वह भी जाएँगी तो जींस की थ्योरी पर ही यानी अपने अब्बा और अम्मी पर ही और अभी उम्र भी क्या थी, महज सात और पाँच बरस की। इसलिए बेहद इत्मीनान से जी रहे थे आशिक अली। पेशे से दर्जी। छोटी-सी दुकान। दुकान कारीगरी के

हिसाब से नंबर वन थी। दुकान की सजावट ऐसी कि देखते ही नजर ठहर जाती और सलीका ऐसा कि एक धागा क्या चिंदी भी इधर-उधर नजर नहीं आती। कुर्ते-पायजामे सिलने में आशिक अली ने महारत हासिल की थी, इसलिए उनकी शोहरत भी थी। बड़े से बड़ा ब्रांड टेलर भी आशिक अली से ईर्ष्या कर सकता था। यही नहीं कुर्ता-पायजामा भी आशिक अली अपनी टर्म एंड कंडीशन पर सिला करते थे, जिसमें मोलभाव सिलाई का नहीं, समय का होता था। आशिक अली समय के पाबंद थे। सुबह नौ बजे दुकान पर आ जाते और शाम को छह बजे दुकान बंद कर देते। उसके बाद तो अल्ला मियाँ भी कुर्ता-पायजामा सिलवाने आ जाएँ तो उसे भी वे उलटा चलता कर दें, क्योंकि उनका यह समय इबादत का होता था। इबादत भी अपनी तरह की होती थी। यहाँ 'इबादत' शब्द को आप धर्म से कतई न जोड़ें। किसी की भावनाओं को आहत करने का भी कोई इरादा नहीं होता था। इस इबादत में लगभग तीन घंटे लगते थे। साढ़े छह से साढ़े नौ बजे तक। जब तक कि जायसवाल की देशी कलारी बंद करने के लिए थानेदार के चमचेनुमा सिपाही धमकाने न लगते। आशिक अली उनके बूटों की आवाज से ही नफरत करते थे। आशिक अली को यदि दुनिया में एकमात्र किसी से नफरत थी तो इन्हीं बूटों की आवाज से। अपने उसूलों का कायल वफादार व्यक्ति भला क्यों खाकी वर्दी वालों से डरे। आशिक अली अपने फन के मास्टर थे। स्वयं आशिक अली अपने को कलाकार से कम न समझते थे···और समझे भी क्यों न। कस्बे का हर निम्न मध्यवर्गीय व्यक्ति उनके हाथों के सिले कपड़े पहनता था। इन खाकी वर्दी वालों की सारी तुरपाइयों की कमजोरियों को जानते हुए भी आशिक अली कभी खुद पंगा नहीं लेते थे। उनके पास इन सबके लिए न तो समय था, न इच्छा। वह तो साढ़े छह बजे ही अपनी दुनिया में चले जाते और दूसरी सुबह झक सफेद कुर्ता-पायजामा में नजर आते। उनके कुर्ते-पायजामे की सफेदी देखकर अच्छों-अच्छों के मुँह से प्रशंसा तथा ईर्ष्या की मिली-जुली प्रतिक्रियाएँ सुनने को मिलती थीं। पाँच फीट सात इंच का दुबला-पतला, काली चमड़ी का कुछ आगे की ओर झुका हुआ। जैसे कोमल शाख को बढ़ने से पहले झुका दिया हो और वह उसी रूप में बढ़कर कड़क हो गई हो। पाँवों में बारहों महीने चमड़े की चप्पल। घर से दुकान तक आते हुए आशिक अली खामोश ही रहते। इस आधे घंटे के सफर को वह मुँह में बीड़ी दबाए तय करते थे। जिन लोगों ने आशिक अली को यूँ रास्ते में आते हुए देखा होता वह सुबह-सुबह उनकी इस काली-सफेद मुद्रा को देखकर··· हलका-सा मुस्कराए बिना नहीं रहते।

और ऐसे में कोई आशिक अली को मुसलमान कह देता तो उन्हें सख्त एतराज होता। इस एतराज के कारण—पहला, धर्मानुसार उनकी तीन-चार बीवियाँ नहीं थीं, न ही किसी अन्य स्त्री से संबंध था। दूसरा, शराब का बेइंतिहा शौक, जो वर्ष में सिर्फ ईद, बकरीद और नवरात्र में स्थगित रहता था। नवरात्र में शराब आशिक अली के लिए हराम हो जाती थी और तो और वह मांस-मछली को भी हाथ नहीं लगाते थे। ऐसे नियम व्रत वाले व्यक्ति को आप सिर्फ रोजे वाला कैसे मान सकते हैं। रही-सही कसर उनकी बीवी पीपल के चबूतरे पर दीया रखकर पूरा कर देती थी। संदेह तो हमें भी होता था, लेकिन बाजार में निकलते वक्त वह बदसूरत औरत काले रंग का बुर्का डालना कभी नहीं भूलती थी। उसकी दोनों लड़कियाँ अलिफ बे पे ते···की किताब लिए एकमात्र मदरसे में जाती थीं। आशिक अली की बीवी, जिसे 'भाभीजान' कहना मुनासिब होगा, अन्य स्त्रियों तथा बच्चों के छोटे-मोटे कपड़े पैर वाली मशीन से जो कि नई मशीन आने के बाद घर के एक कोने में अनाथ-सी पड़ी हुई थी, से कपड़े सिल लिया करती थी। इस प्रकार छोटा-मोटा पैसा आय का एक और साधन बन गया था। इसके पीछे आशिक अली का तर्क था कि औरतों को आर्थिक रूप से स्वावलंबी बनना चाहिए, जबकि लोग कहा करते थे कि आशिक अली उतना पैसा 'निजी संपत्ति' मानकर जमा कर लिया करते थे। इसका एक फायदा यह हुआ कि आशिक अली के पास सारे जेब खर्चों के बाद बीच-पच्चीस रुपए उस जमाने में बचने लगे, जिस जमाने में गेहूँ पौने दो रुपए किलो और आलू-प्याज पचास पैसे किलो बाजार में मिलते थे। खाने का मीठा तेल दस-बारह रुपए किलो मिला करता था। यह वही समय था, जिसमें आशिक अली को अपने लिए एक सहायक रखने का खयाल आया। लाए तो वे दूर की कौड़ी थे कि जब वह बूढ़ा हो जाएगा, आँखों में मोतियाबिंद उतर आएगा। जब मशीन की सुई में धागा नहीं डाल पाएगा, तब उसका यह विचार साकार होगा। सोचकर वह मन ही मन मुस्कराए और तुरंत अपने विचार को कार्यान्वित करने के लिए सिलसिलेवार काम करना शुरू कर दिया। अब आप ही बताइए जनाब, जिस कस्बे में इस्लाम के बंदे तो बंदे, हिंदू धन्ना सेठ भी दो-दो, तीन-तीन आदिवासी काले गुलाबों की कलियों को अपनी शेरवानी में टाँके हुए थे, वहीं हमारे ये आशिक अली दुकान के लिए एक दस-बारह बरस का आदिवासी गौंड लड़का ढूँढ़ लाए। हो सकता है, आप भी औरों की तरह उनके इस इरादे पर तोहमत लगा दें। हजारों लानत-शानत के बाद लौंडेबाज घोषित कर दिया और नतीजा यह निकला कि हर व्यक्ति आशिक अली को हिकारत, उपहास तथा शरारत-भरी

निगाहों से देखने लगा। उन्हें आशिक अली की अक्ल पर तरस आता और आशिक अली इन तोहमतों को जीजस क्राइस की तरह अपने को अपमान की सूली पर टाँगे अपने अल्लाह से उनके लिए सद्‌बुद्धि देने की दुआ माँगते और कहते कि ऐ मेरे खुदा, इन नामुरीदों को माफ करना। ये नहीं जानते कि ये कैसा गुनाह कर रहे हैं? तो जनाब, अवसाद और अपमान के ऐसे क्षणों में भावविह्वल होकर आशिक अली अपने काम में और मशरूफ हो जाते। तो जनाब, मैं ही नहीं, आप भी मेरी बात से सहमत होंगे कि ऐसे इंसान को कैसे कोई शुद्ध मुसलमान मान ले, जिसका कोई भी धर्म-कर्म और दीन-ईमान से सौ प्रतिशत मेल न खाता हो। पर विडंबना देखिए कि नाम से, काम से, खयालात से, बुरके वाली बीवी से—कुल मिलाकर ऊपरी तौर पर आशिक अली को लोगों की नजरों में उसे मुसलमान बना देती थी।

लेकिन उस गौंड लड़के को रखने के बाद आशिक अली के जीवन में एक नया परिवर्तन आया, वह यह कि कस्बे के लोगों को रात के साढ़े नौ बजे से साढ़े दस बजे तक जो शो देखने को मिलता था और उन दृश्यों को देखने के कुछ लोग आदी हो चुके थे। यानी आशिक अली ने अब बाहर निकलना बंद कर दिया था, इसलिए अफवाहों का बाजार गरम होने लगा कि आशिक अली बीमार रहने लगे हैं या उनका लिवर खराब हो गया है या कुछ लोगों ने तो उनमें किसी गुप्त रोग की संभावना तलाश ली थी, फिर भी कस्बे वाले आशिक अली के होने के आदी थे। तो जैसे ही खाकी वर्दी वालों के बूटों की आवाज आशिक अली के कानों में पड़ती, वह जायसवाल की कलारी से होते हुए अपने घर की ओर रवाना हो जाते। यात्रा मार्ग का तीन-चौथाई भाग बस्ती में से होकर गुजरता, फिर एक-चौथाई भाग, जो पोस्ट ऑफिस तिराहे से उनके आशियाने तक का, जहाँ उनकी बीवी पहले से ही पीपल के चबूतरे पर दीया जलाकर, दरवाजा खोलकर उनकी प्रतीक्षा करती मिलती। जिस दिन दीया जलता हुआ नहीं मिलता, आशिक अली समझ जाते कि आशिक मियाँ तेल चाट गए होंगे। आखिर उस मरियल से कुत्ते के पास कोई स्वामी या घर जैसी चीज तो थी नहीं, अतः वह गाहे-बगाहे हाई कैलोरी डाइट अर्थात् वसा या तेल को चाटने का कोई मौका नहीं छोड़ता था और उधर बीवी भी देर से लौटने का अंदेशा कर किवाड़ बंद कर लेती थी। इस तीन-चौथाई गली में आशिक अली पूरे गले से चिल्लाते हुए अपनी मंजिल की तरफ बढ़ते जाते··· उनका एक ही नारा होता था—'इंदिरा गांधी जिंदाबाद!' यही कस्बे वालों के लिए मजे लेने की बात होती थी···लो आ गया आशिक अली। हो गई रात। बज गए

साढ़े नौ। हमें नहीं पता कि आशिक अली कांग्रेसी थे या जनसंघी या तटस्थ नागरिक। वोट डालने भी जाते थे या नहीं और राजनीति में उनकी कितनी दिलचस्पी थी या उनके दिमाग में इंदिरा गांधी एक ऐसी हस्ती के रूप में विद्यमान थी, जिसकी तुलना वह इतिहास के पन्नों में जाकर दिल्ली की रजिया सुल्तान से करते थे या दो महिलाओं की ताकत, बुद्धि-चातुर्य तथा आत्मस्वतंत्रता से अभिभूत थे। इतिहास का ज्ञान उन्हें इन्हीं दो-तीन रूपों में था। एक तो रजिया सुल्तान को वह जानते थे। चूँकि रजिया सुल्तान की कोई तस्वीर उनके पास नहीं थी, लेकिन इंदिरा गांधी की तस्वीर थी, इसलिए इंदिरा गांधी की तस्वीर एक शक्तिशाली महिला नेता के रूप में उनकी दुकान के बीचोबीच टँगी थी। दूसरी ऐतिहासिक जानकारी उन्हें ताजमहल के बारे में थी। वह दो-तीन बार ताजमहल देखने जा चुके थे। वहीं से लाई एक तस्वीर उन्होंने इंदिरा गांधी के बगल में टाँग रखी थी। आशिक अली की इस जीवन की सबसे सुंदर तथा अंतिम इच्छा अगर कोई थी, तो इंदिरा गांधी से मिलने उनको साक्षात् देखने की थी। वह आशावादी थे। भविष्य में अपनी इस ख्वाहिश को पूरा करना उनका लक्ष्य था। जिस दिन इंदिरा गांधी की हत्या हुई, इसकी दुःखद खबर आशिक अली को दोपहर बाद मिली थी। खबर सुनकर उनकी जो हालत हुई, उसका वर्णन करना संभव नहीं था। उनकी दुकान पूरे एक माह तक बंद रही। इस दरम्यान वह भी अस्पताल में कुछ दिनों के लिए भरती रहे। इन्हीं दिनों लोगों ने उन्हें रात-दिन शराब के नशे में देखा था। वह पीते-पीते बेसुध हो जाते। होश आने पर दुकान से छोकरे को भेजकर बोतल मँगवाते और फिर पीते। उन्हें रह-रहकर एक ही गम खाता कि इस जन्म में वह अपने प्रिय आदर्श को देखने से महरूम हो गए और उनकी हत्या करके अंगरक्षकों ने इतिहास में एक और धोखे को दर्ज करवा दिया है…एक और विश्वास की हत्या! यानी इंसान किस पर यकीन करे और किस पर नहीं। आशिक अली विश्वास के खंडित होने का गम जब्त नहीं कर पा रहे थे। उन्हें लगता था कि ये खंडित विश्वास इतिहास में दर्ज होकर भविष्य को लहूलुहान कर देते हैं।

पूरे चार माह पश्चात् आशिक अली के जीवन की गाड़ी पटरी पर आई थी। झटका तगड़ा लगा था। शारीरिक, मानसिक तथा आत्मिक रूप से आशिक अली टूट गए थे। उनको देखकर लगता था कि उन पर बुढ़ापा चार साल पहले आ गया। वह और ज्यादा आगे की ओर झुके-झुके चलने लगे थे। फिर भी धीरे-धीरे जिंदगी ने पुनः रफ्तार पकड़ी। अब दुकान पर आते ही इंदिरा गांधी की तस्वीर पर माला चढ़ाते। ताजमहल की तस्वीर पोंछते फिर मशीन पर बैठते। इस दरम्यान

उनका सहायक लड़का काफी कुछ काम सीख चुका था। काम सीखने से ज्यादा वह आशिक अली का स्वभाव समझने लगा था। लेकिन कस्बे के लोगों ने जायसवाल की कलारी में आशिक अली की अनुपस्थिति महसूस की। कुछ ने अंदाज लगाया कि वह सुधर गए हैं—पीने-पाने से तौबा कर ली है। अफवाहें तो और भी कई तरह की थीं। एक मुँह सौ बातें। फिर रसिक समाज कहाँ नहीं होता और रस में डूबी बातें किसको अप्रिय लगती हैं। आशिक अली का सहायक गणपत छह बजे ही कलारी की ओर दौड़ लगा देता। जीवन के नए ढर्रे ने दोनों की जिंदगी में खुशियाँ तथा सुकून ला दिया था। दर्जीगिरी भी अच्छी चल रही थी और जीवन भी। रौनक फिर लौट आई थी। वैसी ही जैसे आशिक अली ईद, बकरीद पर नए झकाझक कपड़े पहनकर इत्र का फाहा खोंसकर, टोपी लगाकर चटक लाल रंग का रूमाल लपेटकर, दोनों जेबों में रेजगारी भरकर जो ईदी के रूप में वह गरीब मुफलिस बच्चों को बाँट देते थे—हँसते-खेलते, पतंग लूटते, पेड़ों पर चढ़ते, गुल्ली-डंडा और कंचे खेलते बच्चों में आशिक अली को कोई भेद नजर नहीं आता था। रोजे रखने में उनको यकीन नहीं था। कहते—जब अल्लाह ने मुझे सब कुछ दिया है, तो मैं क्यों भूखा रहूँ। मैं तो दूसरों को भी भूखा नहीं रहने दूँगा। अब उनसे दुश्मनी कौन मोल ले। अगर कुर्ता-पायजामा बिगाड़ दिया या गला तंग सिल दिया या मोहरी छोटी-बड़ी कर दी तो ईद या अन्य त्योहारों का मजा ही किरकिरा हो जाएगा सो सारे तमीज रखने वाले उनसे वैचारिक पंगा मोल नहीं लेते थे, फिर ऊपर से शराबी। करेला वो भी नीम चढ़ा। ईद की नमाज के बाद मस्जिद से घर लौटते ही लग जाते सिवइयाँ (ईद) बनाने या फिर मटन (बकरीद) तैयार करने।

एक बजते-बजते कस्बे के सारे मुफलिसों, भूखे लोगों, भिखारियों की जमात पीपल के चबूतरे के आसपास इकट्ठा होने लगती। वह एक हिस्सा मस्जिद के लिए, एक हिस्सा घर के लिए बचा शेष सारा तपेला व रोटियों का ढेर लेकर पीपल के चबूतरे पर रख लेते और सबके कटोरों तथा प्लेटों में बोटीवाला सालन, रोटी, मीठी खीर डालते जाते। उसके बाद अपनी थाली निकालते और ईद की मुबारकबाद देते और स्वयं कबूलते हुए सबके बीच अपना खाना समाप्त करते। तीन बजे तक महफिल उठ जाती। लोग आशिक अली को दुआएँ देते हुए उठ जाते।

एक बात और मैंने बताई थी कि आशिक अली नवरात्र में व्रत अपने ही तरीके से रखते थे। भला इस व्रत से उनका क्या ताल्लुक। तो जनाब, आपने अकसर ही बुद्धिजीवियों तथा नेताओं के मुँह से गंगा-जमुनी संस्कृति के बारे में शानदार प्रभावशाली भाषण सुने होंगे, लेकिन हमारे आशिक अली उसका जीता-जागता

उदाहरण थे। पूरे नौ दिन शराब और मांस-मछली से दूर रहते और इससे जो पैसा बचता उसे दुर्गा उत्सव समिति को दान में दे आते। वह रकम अच्छे-खासे दानवीरों से कहीं ज्यादा होती। नौ-दस दिन रात में चलने वाले सांस्कृतिक कार्यक्रमों में कव्वाली का लुत्फ उठाते। एक और कार्यक्रम में जो कस्बे में सिर्फ वर्ष में एक बार होता था···वह था बॉम्बे से आने वाली डांस पार्टी का। इसमें आशिक अली का मन खूब रमता था। आप मान सकते हैं कि आशिक अली संविधान के अनुसार भी धर्मनिरपेक्ष इंसान थे, जिसकी इज्जत तो सभी करते हैं, पर मानता कोई नहीं है। मैंने तो आशिक अली का परिचय उस तरह नहीं दिया, जैसा प्रायः दिया जाता है—नाम : आशिक अली, उम्र : पैंतालीस वर्ष, पेशा : दर्जीगिरी, निवासी : कस्बा अमलाहा, जिला व प्रदेश कोई भी हो सकता है, क्योंकि आप देश के किसी भी हिस्से में चले जाइए, आशिक अली जैसी छायाएँ-प्रतिच्छायाएँ—हड्डियों का ढाँचा-सा, नरकंकाल कहना जरा बुरा लगता है—जैसे अंधे को अंधा कहना बुरा लगता है—देखी जा सकती है। जहाँ भ्रष्टाचार आपादमस्तक फैला हो, जहाँ खानदानी दुश्मनों से प्रतिशोध लेने के लिए उनकी स्त्रियों से बलात्कार किया जाता हो। जहाँ सरकारी आँकड़े, शिक्षा एवं स्वास्थ्य के नाम पर करोड़ों रुपयों का बजट हजम करने के बाद पूरी तरह से मन-माफिक बना लिए जाते हैं और जहाँ के गरीब आदिवासी मरे हुए पक्षियों, कौओं और जानवरों को भूनकर खाकर बीमार पड़ जाते हैं···जहाँ सड़क, पानी और बिजली की समस्या कभी न सुलझती हो। अनेकता में एकता का यह रंग एक छोर से दूसरे छोर तक फैला हुआ है, तो ऐसे देश में ऐसे प्रदेश में उसी के अनुरूप जिले के कस्बा अमलाहा के दर्जी आशिक अली की कहानी का शेष भाग बताए बिना मुझे भी चैन कहाँ।

कहानी का संबंध इंदिरा गांधी की हत्या के आठ-दस बरस बाद से है। यही वह समय है, जहाँ से कहानी के बाकी सूत्र जुड़ते हैं। उधर अयोध्या में—बाबरी मस्जिद को शूरवीरों की सेना ने ढहाकर पाँच सौ वर्ष पूर्व बाबर के सोलह सौ सिपाहियों की फौज से हुई हार का बदला लेने की है। भावना को उकसाकर छाती ठंडी करने का दंभ पाल लिया है। राष्ट्र गौरव से हर भारतीय का सिर ऊँचा करने का ढिंढोरा पीटा जा रहा हो। भारतीय समाज का एक हिस्सा सकते में हो। फलते-फूलते वृक्ष को जैसे धड़ से चीर दिया गया हो···। अचानक ही वह अपने ही घर में बेगाना महसूस करने लगा। मस्जिदों में बैठकें आरंभ हो गईं। विरोध व क्षोभ, अविश्वास और उन्माद प्रकट करना नैतिक दायित्व माना जा रहा था। न जाने यह सिलसिला कहाँ जाकर थमेगा। राजनीतिक पार्टियों ने अपने-अपने तंदूर

तपते महसूस किए। जिस पर उन्हें लंबे समय तक रोटियाँ सेंकनी थीं, इसलिए 'कुर्बानी' शब्द का प्रयोग व्यापक अपनी-अपनी सोच के अनुरूप मानवीय हित में किया जा रहा था। कुर्बानी देश के लिए हो या धर्म के लिए···दोनों रूपों में स्वीकार्य थी और शहादत पर शहीद होने का तमगा मिलना तय था···ऐसे सुनहरे मौके को कौन जाने देता···तो जनाब, इधर मस्जिद ढहा दी गई और उधर आशिक अली के घर में यासमीन और शाहीन पाँच और सात वर्ष से बढ़कर पंद्रह और सत्रह वर्ष की हो चुकी थीं। लगभग इसी उम्र का गणपत हो चला था। इतना ही नहीं, गणपत आशिक अली के परिवार का अभिन्न हिस्सा बन गया था। कुछ लोगों को वह आँख की किरकिरी लगता था, तो कुछ उसको भाग्यशाली मानते थे। आशिक अली की बीवी लड़कियों के निकाह को लेकर चिंतित रहने लगी थी। हालाँकि उन तीनों को लोगों के द्वारा फैलाई गई बातों में जरा भी दिलचस्पी न थी। यहाँ आकर आशिक अली अपना चोला बदल लेते और बीवी को प्यार से समझाते हुए कहते—"देखो बेगम, हम कोई हिंदू तो हैं नहीं जो लड़के ढूँढ़ने जाएँगे। जब भी कोई रिश्ता लेकर आएगा निकाह हो जाएगा। अल्लाह को सबकी खबर है। तुम बिला वजह अपना खून जलाती हो।" शौहर के इस तर्क के सामने वह खामोश हो जाती और फिर सब कुछ पहले के ढर्रे पर चलने लगता। तो इधर मस्जिद ढहने के बाद गंगा-जमुना संस्कृति में एक कसैलापन तो आ ही गया था। जहाँ एक संप्रदाय का गौरव लौटाने की बात कही जा रही थी, वहीं दूसरी तरफ आत्मगौरव बचा पाने की कसक स्पष्ट दिख रही थी।

आशिक अली तो नमाज के मामले में ईद के चाँद थे। वे ठहरे कामकाजी हुनरपसंद आदमी! कहाँ इन सियासती वैचारिक लड़ाइयों में पड़ने वाले, फिर सोचने-विचारने की फुरसत कहाँ। संध्या होते ही गणपत का साथ मिल जाता। जवान छोरा। दो-चार पैग तो बिना रुके ही पी जाता था। ऐसी घनघोर व्यस्तता के बीच उन्हें उन लोगों की महफिलों में जाने का वक्त ही न मिलता। बतौर आशिक अली अल्लाह ने उन्हें ऐसी फितरत नहीं बख्शी थी। कभी कोई पूछता कि क्यों भाई मियाँ, बाबरी मस्जिद और रामलला के मंदिर के बारे में आपके क्या खयालात हैं, तो आशिक अली को कवि बच्चन की पंक्तियाँ जो कि वाचिक परंपरा के बीच रचने-बसने के कारण आशिक अली ने यूँ ही याद कर ली थीं—याद हो आतीं—वह अपनी खुमारी में कहते—"मियाँ, जब आदमी नमाज न पढ़ने पर मुसलमान नहीं रह जाता तो ऐसी इमारत जहाँ कभी नमाज पढ़ी ही नहीं गई तो कैसे मस्जिद हो सकती है। अब रही मंदिर की बात तो पहले पक्का पता तो चले

कि यह अयोध्या त्रेता युग की ही है। यदि पुरानी अयोध्या कहीं और हुई तो गलत जगह पर रामलला का मंदिर बन जाएगा, जो ठीक न होगा। यार, फिलहाल तो वहाँ शानदार कलारी खोल दी जाए, जहाँ दोनों कौमों के लोग मिल-बैठकर आराम से पिया करेंगे।"

"वाह मियाँ, तुमने तो बच्चन साहब की 'मधुशाला' को ही साकार कर दिया।"

तो दूसरे ने उनकी धुस्स काली चमड़ी के बीच चमकती आँखों में हिकारत से देखते हुए थूक दिया···तो तीसरे ने उन्हें उठाकर फेंक देने की धमकी दे डाली, क्योंकि बदलते हालात और समय में···भय तथा असुरक्षा के बीच उनकी निष्ठा अपनों के प्रति न होने के कारण उनके जातिभाइयों में उपेक्षा तथा घृणा का भाव पैदा होना स्वाभाविक था। दोनों ही कौम के लोग इस शराबी पर विश्वास न करते ···हाँ, उनके हुनरबाज हाथों का ही कमाल था कि लोग फिर भी आशिक अली की दुकान पर आने के लिए विवश थे अन्यथा आशिक अली का चेहरा देखना लाहौलबिला···कुब्बत···। एक तथाकथित वीर्यवान समूह मौके की तलाश में था कि एक शराबी की जिंदगी-भर का सरूर एक ही झटके में उतार दिया जाए, पर साला है बड़ा काइयाँ! कोई मौका ही नहीं देता। तो जनाब! वह दिन आ ही पहुँचा, जिसका बहुतों को इंतजार रहा होगा। चेतन-अचेतन मन में। चेतन-अचेतन मन की अवस्थाओं के बारे में तो आप जानते ही होंगे! उस दिन आशिक अली को अचानक ही मानेगाँव जाना पड़ा। युगों बाद उसे अपनी इकलौती खाला की याद सताने लगी, क्योंकि किसी ने आकर खबर दी थी कि 'आशिक भाई, खालाजान से मिल आओ तुम्हें याद कर रही हैं। उनका इस दुनिया में तुम्हारे अलावा है भी कौन? ऐसा न हो कि तुम्हें देखने की हसरत मन में लिए इस जहान से कूच कर जाएँ।' यही सोचकर आशिक अली अपनी इकलौती साइकिल (हरक्यूलिस) लेकर अठारह किलोमीटर दूर जंगल में बसे गाँव मानेगाँव की ओर रवाना हो गए। इसी गाँव में उनका बचपन बीता था। अब्बा-अम्मी की तो उन्हें याद नहीं। बँटवारे में मर-कट गए या पाकिस्तान चले गए। आशिक अली ने होश सँभाला तो स्वयं को इन्हीं खालाजान की गोद में पाया। विवाह के बाद आशिक अली की बीवी और खालाजान के बीच कभी भी समन्वय के सूत्र नहीं बँध सके, सो आशिक अली ने अलग रहना मुनासिब समझा। आज उन्हीं बचपन की स्मृतियों में डूबे आशिक अली मानेगाँव पहुँचने के लिए तेज-तेज साइकिल चला रहे थे। शाम तक पहुँचना जरूरी था, क्योंकि रात में जंगल से गुजरना अपने आप को जानवरों के हवाले

करना था। आशिक अली को अपने सामने पाकर बूढ़ी खालाजान की आँखों से आँसू बहने लगे। रुक-रुककर खर्राटे-भरी आवाज निकल रही थी। आशिक अली भी स्वयं को न रोक सके और रोने लगे। उन्हें स्वयं पर क्रोध आ रहा था कि क्यों उसने खाला की सुधि नहीं ली। आया भी तो कब जब सब कुछ खाक में मिलने जा रहा था···यह जीवन भी कैसा बहता दरिया है, जहाँ सब बह जाते हैं···आखिर हाथ में चंद मुट्ठी राख लगती है या मिट्टी! रात-भर वह खाला के पास बैठे रहे···। दो दिन और गुजर गए। दीन-दुनिया से बेखबर आशिक अली उन अंतिम घड़ियों में एक पल के लिए खाला को तन्हा नहीं छोड़ना चाहते थे, लेकिन तीसरे दिन की दोपहर होते-होते खाला जन्नत को रुखसत हो गईं। शाम तक उन्हें खाके-सुपुर्द कर आशिक अली अपनी जिम्मेदारी से फारिग हो गए, पर गम उनके भीतर बर्फ की तरह पिघल रहा था। उन्हें लगा, जैसे उनके हड़ीले शरीर में एक बूँद रक्त की न रही हो···गाँव के कुछ यारनुमा लोगों ने महुआ के फूलों की रस वाली दुकान पर अंततः आशिक अली को पहुँचा ही दिया, फिर कहाँ आशिक अली अपने होश में रहने वाले थे। एक दिन साइकिल की थकान···दो दिन, दो रात जागने की थकान और तीसरे दिन···मृत्यु से साक्षात्कार करती खाला को दफनाने की व्यथा···कुल मिलाकर यह नीम बेहोशी उसी रात की थी, जिस रात अमलाहा से हजार किलोमीटर दूर गोधरा में रामसेवकों पर हुए कातिल हमले के जवाब में पूरा गुजरात धधक उठा था।

गुजरात दंगों की खबर पूरी दुनिया में फैल चुकी थी। टी०वी० ने गाँव-गाँव देहात-देहात के चप्पे-चप्पे में इस खबर को आग की तरह फैला दिया था। देखने वालों ने देखे वे खौफनाक मंजर, जिनमें असंख्य लोग कराह रहे थे···विलाप कर रहे थे···जल रहे थे···मारे-काटे जा रहे थे। उत्तेजित उन्मादक रूप! राजनीतिक पार्टियाँ फिर सक्रिय थीं। गंगा-जमुनी संस्कृति की पताका धू-धू करके जल रही थी। इन सारी बातों को छोड़ भी दें तो उस रात अमलाहा में जो घटित हुआ, उससे अनभिज्ञ आशिक अली महुए के फूलों का रस गिलास पर गिलास गटके जा रहे थे···। नशे के अलावा उनका पूरा शरीर बुखार से टूट-तप रहा था। खाला का कमरा बंद, सबसे बेखबर पड़े रहे। घर से दूर। निश्चिंत। और इधर अप्रत्याशित घटना घटित हो गई थी, जिसका कोई ऐतिहासिक महत्त्व भले ही न हो, न वह अखबार की, न टी०वी० की खास खबर बनने वाली थी, न वहाँ प्रत्यक्षदर्शियों से कोई मीडियाकर्मी बात करने वाला था, पर उस घटना ने आशिक अली का पूरा जीवन बदलने में ऐतिहासिक भूमिका अलबत्ता निभाई थी···! इस घटना ने उस

कस्बे की, जहाँ कभी दुर्गा उत्सव समिति में आधे मुसलमान हुआ करते थे, रामलीला पार्टी के कस्बे में ठहरने पर बोरियाँ भर गेहूँ, चावल, शक्कर, पीपों भर तेल, घी, दूध पहुँचाने वाले मुसलमान व्यापारी ही हुआ करते थे। जिस उत्सव में आशिक अली अपनी हैसियत से ज्यादा पैसे खर्च किया करते थे और नवरात्र का व्रत किया करते थे···यानी शराब से तौबा कर लेते थे। जहाँ दुर्गा माँ के चरणों में एक से एक मशहूर कव्वाल सिर नवाया करते थे···उसी कस्बे में यह अनहोनी घटना घटित हुई थी··· । सुनने में यही आया था कि जब आशिक अली मानेगाँव में पहली धार की उतरी महुआ से अपना गम काफूर कर रहे थे, इधर कुछ नकाबपोश ऊँचे-ऊँचे स्वरों में उद्घोष करते हुए पहले तो आशिक अली की सुंदर सुसज्जित इंदिरा गांधी और ताजमहल की तस्वीर वाली दुकान, जिसमें ढेर सारे कपड़े सिले हुए और कुछ कटे हुए रखे थे, उसे क्षण-भर में फूँक डाला। जिस दुकान में आशिक अली ने अपने जीवन की सर्वोत्कृष्ट कला का परिचय देते हुए हजारों जोड़ कपड़ों से लोगों के मन में खुशियाँ भरी थीं, तन को सजाया था। उसी दुकान में विरोध कर रहे गणपत मियाँ को चीखते-चिल्लाते जिंदा चिता में डाल दिया था···अंदर धधकती आग थी···और बाहर निकलने के लिए फड़फड़ाता-चीखता गणपत था। अंधकारमयी रात्रि में सुनसान स्थान पर गणपत की चीखों ने आसमान को थर्रा दिया था, क्योंकि···पक्षियों की हृदय-विदारक चीखें वातावरण में गूँज रही थीं···उसके पश्चात् वह उन्मादी काले रंग की भीड़ आशिक अली के आशियाने की तरफ बढ़ती गई थी।

रोज की तरह आशिक अली की बीवी ने पीपल के नीचे बने चबूतरे पर दीया रखा था। दीया अब भी अपनी छोटी-सी वर्तिका से लोक-परलोक को आलोकित कर रहा था···और उधर देखते ही देखते उनका आशियाना होली में बदल गया था। दीये की नन्ही लौ उन चीखती- पुकारती-दौड़ती लपटों के बीच सहमी-सी टिमटिमा रही थी···जबकि पीपल की सामने की बड़ी-बड़ी डालें जो घर पर झुकी रहती थीं, झुलस गई थीं···न जाने कितने परिंदों के नवजात पंखहीन पखेरुओं ने, अंडों के भीतर पल रहे जीवों ने उड़ान भरने से पहले ही दम तोड़ दिया था। परिंदों के घोंसले जल रहे थे और वे फड़फड़ा रहे थे···चीख रहे थे···टपक रहे थे··· । पीपल के धड़ पर बँधे असंख्य कामनाओं और प्रार्थनाओं के धागे भी कुछ न कर सके थे और जैसा कि कहा जाता है ब्रह्मदेवता या वे आत्माएँ जो मुक्त गगन में विचरण करती हैं, वे भी कुछ न कर सकी थीं, यानी आदमी की शैतानी ताकत के सामने शेष सारी ताकतें बेबस थीं, यानी सारी सृष्टि में सबसे शक्तिशाली ताकत इंसानी

ताकत ही थी, जो अपने वहशी और बर्बर रूप में उपद्रव मचा रही थी···। सुनने में तो यह भी आया था कि आशियाना फूँकने के पहले उन उन्मादी जानवरों ने दोनों लड़कियों का मुँह बाँधकर भरपूर ढंग से अपनी वासनाओं के उठते ज्वार को शांत किया था, क्योंकि अधजली लाशें नग्न थीं···एक लड़की का शव पूर्ण नग्न अवस्था में बाहर पड़ा था और लग रहा था जैसे भागती हुई आत्मरक्षा के लिए प्रतिरोध करती लड़की को अच्छा-खासा सबक सिखाया गया था···उन झुलसे, जले चेहरों पर अंतिम चीत्कार के भाव ठहर से गए थे···! ऐसा तो नहीं था कि आग की लपटों ने चारों तरफ उजाला न किया हो या तीन-तीन स्त्रियों की चीखें किसी को सुनाई न दी हों···सबसे बड़ी बात यह कि कोई भी ऐसे परिवार के लिए खतरा मोल क्यों लेता, जिसका कोई पक्का धर्म नहीं था, न वह पक्का मुसलमान था, न हिंदू। शराबी···हुनरबाज···अपनी मधुशाला में डूबा आदमी, जिसके लिए ईद-बकरीद, नवरात्र एक समान होती थी···जबकि समुदाय विशेष चाहता था कि उसे समाज का सच्चा हितैषी होना चाहिए। लेबल के बिना तो जीवनदायिनी दवा तक नहीं खाई जाती है। उस समाज के लोगों को दहशत में लाने और अपनी जातीय निष्ठा सिद्ध करने में यही बात सटीक जान पड़ी और प्रतिबद्धता देखिए कि उसे अंजाम देकर बर्बर होने का रंज भी न हुआ। मनुष्य का बर्बर रूप किस समाज में ग्राह्य है? प्रकारांतर से यह संदेश भी पहुँचा दिया कि आशिक अली जैसों को मिटा देने पर उसके समाज तथा धर्म के लोग भी इस कृत्य को संजीदगी से नहीं लेंगे और सबसे बड़ी बात यह कि घटना को अंजाम देने वाले लोग देशव्यापी उन्मादी धारा में शामिल होने का सौभाग्य भी प्राप्त करने में कामयाब हो गए थे। इसे क्या कहा जाए, तात्कालिक उन्माद या सोची-समझी रणनीति के तहत आशिक अली की दुकान और आशियाना निशाने पर लगाया गया था?

वारदात के दो-तीन दिन उपरांत प्रशासन जागा। कुछ पकड़ा-धकड़ी हुई। पुलिस के जवान पेट्रोलिंग में लगाए गए। गाड़ियाँ सायरन बजाती हुई घूम रही थीं। संपन्न एवं संभ्रांत लोग अपने घरों में दुबके टी०वी० के सामने बैठे हुए थे। लोगों के कान रेडियो पर और आँखें टी०वी० पर लगी थीं और इधर आशिक अली सुबह-सुबह साइकिल पर सवार होकर अपने कस्बे के लिए रवाना हो चुके थे। खाला के सूने घर में ताला लगा दिया था। वह जल्द से जल्द दुकान पर पहुँच जाना चाहते थे। इस समय उनके दिमाग में दो ही दृश्य बन रहे थे कि कपड़ों का ढेर लगा होगा। ग्राहक चक्कर लगा रहे होंगे। गणपत को अभी इतना शऊर नहीं कि कैसे ग्राहकों को बाँधा जाता है। लोग उसे नाप देते भी नहीं हैं। गणपत को अभी

कपड़ों की कटिंग करने में, नाप लेने में और शानदार फिनिशिंग लाने में वर्षों लगने वाले थे, क्योंकि ऐसे काम हाथ की सफाई पर निर्भर करते हैं तथा अभ्यास और बारीकी ही उसे पारंगत बनाती है, वरना क्या अमलाहा में दर्जियों की कमी थी, पर नहीं साहब, लोग आते हैं तो आशिक अली के पास ही चाहे कपड़े देने में एक महीना क्यों न लग जाए! बीच का आठ-दस किलोमीटर का घना जंगल उन्हें सावधानी से पार करना था, क्योंकि इसी समय जानवर पानी पीकर लौटते हैं। कहीं भी किसी से भी भेंट हो सकती है। उनका अंदाज था कि दो बजे तक वह दुकान पर पहुँच जाएँगे। सोचकर तो एक दिन को आए थे, लग गए चार दिन। जाते वक्त आशिक अली अपने बचपन और खाला के बारे में सोचते रहे थे और लौटते हुए दुकान और गणपत उनके दिल-दिमाग पर सवार थे। जब वह कस्बे के अंदर कोटका वाले छोर से पहुँचे तो उन्हें अजीब-सी मनहूसियत तथा वीरानगी लगी। उनका दिल धड़कने लगा। किसी अनहोनी की आशंका में उनकी नसें खिंचने लगीं। आशिक अली कुछ आगे बढ़े ही थे कि एक पुलिस की जीप पेट्रोलिंग करती हुई निकली। उसमें आठ-दस सिपाही थे। उनके हाथ में डंडे थे, एक-दो के पास बंदूकें भी थीं। आशिक अली रुकते-ठहरते, कुछ पूछते-पाछते इससे पहले ही जीप आगे निकल गई…और अचानक ही पेड़ों के पीछे से कुछ लोग आशिक अली पर टूट पड़े…। उनकी पतली-हड्डीली काया और कम बालों वाली खोपड़ी पर पंद्रह-बीस डंडे पड़ चुके थे। वह निष्क्रिय से सड़क पर ढेर हो गए। साइकिल का पहिया हवा में उलटा चलकर ठहर गया। लोगों का यह आकस्मिक हमला इतनी तीव्रता के साथ हुआ था कि उन्हें क्षण-भर भी सोचने का वक्त नहीं मिला। बस, घूमता हुआ तपता आसमान और चारों तरफ पेड़ नजर आ रहे थे…। जीप जब उसी रास्ते पर पुनः आई तो खून से लथपथ उनके दुबले-पतले शरीर को मरणासन्न जानते हुए भी उन्हें जीप में पटका और ले जाकर अस्पताल में डाल दिया।

कौन मारकर गया? इसकी खोज करना अस्पताल वालों को जरूरी नहीं लगा। उनकी टूटी साइकिल को थाने में जमा करवा दिया गया। इस प्रकार पुलिस ने कानून व्यवस्था तथा चुस्त प्रशासन का परिचय देते हुए अपनी ड्यूटी मुस्तैदी से निभाते हुए कर्तव्यपरायणता का परिचय दिया था। आशिक अली दो दिन तक बेहोश पड़े रहे। बीच-बीच में होश आता, होश में आते ही वह जानना चाहते कि उनके साथ ऐसा क्यों हुआ? उनका कसूर क्या था? उनका परिवार कहाँ है, जब वह थोड़े से सँभले तो वार्ड के पलंग पर लेटे-लेटे याद करने की कोशिश करते।

डॉक्टरों और कर्मचारियों का कहीं अता-पता नहीं था। होश एवं स्मृतियों का आलम उस फ्यूज बल्ब की तरह था, जो पूरी तरह से फ्यूज होने के पहले जलता-बुझता है? उस जलने-बुझने की प्रक्रिया में कैसे उनके घायल लड़खड़ाते कदम चीरघर की ओर अपने आप बढ़ते गए। बेगम···शाहीन···यासमीन···गणपत···या अल्लाह···अस्फुट शब्दों को बड़बड़ाते वह आशियाने की ओर जा रहे थे। घुप्प अँधेरी रात्रि में चारों तरफ निस्तब्धता छाई थी। चिड़िया जानकर यहाँ तक कि पत्तों तक की आवाज नहीं आ रही थी। हाथ बढ़ाकर उन्होंने टटोला, दीया नहीं था यानी बीवी यहाँ नहीं आई···। तो फिर···। घर के भीतर पहुँचने, उन्हें पुकारने के पहले ही आशिक अली चबूतरे पर लुढ़क गए थे। रात्रि में ही उनके गायब होने की सूचना थाने में पहुँचा दी गई और जैसा कि अनुमान था, थाने वालों ने उन्हें उसी चबूतरे पर पड़ा पाया।

आपका कभी उस कस्बे में जाना हो तो यदि आशिक अली जिंदा होंगे तो अभी भी उसी चबूतरे पर बैठे मिल जाएँगे। आप उन्हें एक ऐसे आदमी के रूप में देखेंगे, जो रात को पीपल के चबूतरे पर सोता है और सुबह होते ही पोस्ट ऑफिस तिराहे को पार कर उस जगह जहाँ उनकी दुकान थी, ठीक उसके सामने छोटी-सी पुलिया पर दिन-भर बैठा शून्य में ताकता मिलेगा। किसी ने कुछ दे दिया तो खा लिया अन्यथा माँगकर खाने की उसकी आदत नहीं। उस जगह पर अब रेडीमेड कपड़ों की दुकान खुल गई है, जिस पर विदेशी कंपनियों—पीटर इंग्लैंड, वान हुसैन, ली, पेन अमेरिका—के कपड़े मिलते हैं···। जिस स्थान पर इंदिरा गांधी की तस्वीर लगी रहती थी और जिस इंदिरा गांधी के नाम का नारा लगाकर आशिक अली लोगों को हँसाते थे, चौंकाते थे···उस स्थान पर एक मॉडल लड़की का अर्द्धनग्न पोस्टर लगा हुआ है। ताजमहल की तस्वीर के स्थान पर पुरुष मॉडल का पोस्टर चिपका है। लोगों ने सुना और देखा है कि आशिक अली 'मधुशाला' की कुछ पंक्तियाँ गुनगुनाते हुए अपनी सफेद मिचमिची आँखों से कुछ खोजते रहते हैं। लगता है, डंडों की मार ने उनके मस्तिष्क की तंत्रिका को इतना दबा दिया है कि वे तमाम स्मृतियाँ एक जगह ठहर-सी गई हैं। जैसे रिकॉर्ड प्लेयर पर सुई एक स्थान पर अटक जाती है, वैसे ही आशिक अली गुनगुनाते—"मंदिर मस्जिद बैर कराते, मेल कराती मधुशाला···"

उस कस्बे में अब भी दुर्गा उत्सव होता है, पर अब उसमें कव्वाली नहीं होती। ईद व बकरीद अब भी आती है, पर मुफलिसों, भिखारियों तथा गरीब बच्चों के साथ सालन, बोटी और सिवइयाँ की खीर खाने-खिलाने वाले आशिक अली

नहीं होते। उन्होंने सब जगह जाना बंद कर दिया है…। वह तो सिर्फ अपनी हथेलियों को मलते हुए उँगलियों को सहलाते हुए कुछ ढूँढ़ते रहते हैं।

दुनिया इसी तरह चलती रहेगी। गुनाह करने वाले कोई और होते हैं और सजा कोई और पाता है, जिसका इन सब बातों से दूर-दूर का नाता नहीं होता। उन्हीं में से एक आशिक अली थे। हजार या करोड़…या…अरब…जिसकी यातना वह आज भी झेल रहे हैं…। कौन कहता है कि सिर्फ अश्वत्थामा मवाद बहाता हुआ हिमघाटियों में भटक रहा है…अश्वत्थामा ने तो गुनाह भी किया था, जिसकी सजा उन्हें मिली थी; पर आशिक अली ने तो कोई गुनाह भी नहीं किया था…फिर भी वह मवाद में सने जी रहे हैं…और उस मवाद के समंदर में कितने-कितने बेगुनाह 'सिर्फ मनुष्य' यानी एक आम आदमी जो सिर्फ आदमी बनकर जीना चाहता है। उसी एक आम आदमी के रूप में आशिक अली जीने की निर्मम सजा काट रहे हैं। जनाब, आपको कभी फुरसत मिले तो एक बार जाकर मेरे आशिक अली से जरूर मिल लें।

अब और नहीं

"आपने ठीक से नहाया, बाल धुलवाए…पीठ, बगलें…"

"कित्ती बार पूछोगे?"

"दाँत दिखाओ। कितनी बार कहा था कि खूब ब्रश किया करो। हर छह माह में दाँतों की सफाई करवा लिया करो। अब भी दाँत पीले हैं। कितने दाँत निकलवाए थे?"

"तीन!"

"तीन क्यों?"

"सड़ गए थे।"

"कौन आ रहा है बताओ तो।"

"टी०वी० वाले।"

"क्यों!"

"वे लोग आपसे मिलना चाहते हैं, शूटिंग करेंगे, आप पर एक छोटी फिल्म बना रहे हैं। आपने इतना बड़ा पुरस्कार कैसे प्राप्त किया है? आप कैसे रहते हैं, कैसे काम करते हैं। सब कुछ करके दिखाना होगा। जो पूछें उसका ठीक-ठीक उत्तर देना।"

"ज्यादा पट्टी मत पढ़ाओ। तमाशा बनवाने में लगे हो।"

"तमाशा! इसमें तमाशा बनाने की क्या बात है? दुनिया में वही आदमी प्रेरणास्रोत बनता है जो कोई बड़ा काम करता है। जो सबसे अलग और अनूठा होता है। आप सबसे अलग हो…।"

चंदन (भतीजा) बात पूरी करता, इससे पहले वे उठकर चल दिए। बात-बात में अब आँखें भर आती हैं। मन में हूक-सी उठती है और जबान पर कड़वे तथा तल्ख शब्द आते-आते रुक जाते हैं, पर अब वे किसी प्रकार का क्लेश नहीं करना चाहते हैं। उन्होंने सारे रिश्तेदारों से दूरी बना ली। अपने सारे अधिकार छोड़ दिए, पर उनके पास आने की किसी को कोई मनाही न थी। खामोशी की चट्टान उन्होंने हृदय पर रख ली है। उनका न आने का संकल्प टूटा नहीं। वे नहीं गए। लाख बार

कहने पर भी नहीं गए। समाचार-पत्रों में छपी खबरों को पढ़कर टी०वी० वालों ने चंदन से संपर्क किया होगा या चंदन ने उनसे, वे नहीं जानते। लेकिन ऐसे अवसर को वे हाथ से नहीं जाने देंगे। परिवार के गौरव को बढ़ाने वाले कर्मठ 'कृषि पंडित' श्री ललिताप्रसाद जी का सम्मान होगा···।

अंततः उन्हीं लोगों को आना पड़ा। जीवन तो वे जैसे युगों से जी रहे थे। तैयार तो वे और दिनों भी होते थे, पर किसी का ध्यान नहीं जाता था। अपने ही शरीर पर उनका धीरे-धीरे वश खत्म होता गया। मन की शक्ति ही थी, जिसने उनके वजूद को जिंदा रखा था, वरना आज वे भी हजारों अपाहिजों के बीच पड़े दयनीय हालत में रोटी माँगकर ठोकरें खाकर जीने के लिए अभिशप्त होते।

साधारण-सी सूती धोती-कुर्ता-सदरी या बंडी। कंधे पर गमछा। बालों में कभी किसी ने तेल लगा दिया तो ठीक अन्यथा ताँबई रंग के बाल हवा से खेलते रहते···अब तो कनपटियों के ऊपर चंद बाल रह गए हैं। चेहरे पर कभी तेल या क्रीम लगा दी गई तो ठीक वरना चचेड़ता-सूखता चेहरा वैसा ही बना रहता। आँखों में लगा कीचड़ देखकर भले ही सामने वालों को घिन लगती हो, पर वे करें भी क्या? कई बार लकड़ी की नोक में कपड़ा लपेटकर कीचड़ साफ करते, मगर ···नोक खिसककर आँख में चुभ ही जाती। आँख लाल हो जाती···। पीठ पर जमे मैल को वे स्नान से पहले दीवार से रगड़कर साफ करते और पाते कि त्वचा जगह-जगह से छिल गई है। एक लंबी यातनादायी प्रक्रिया है···कभी किसी के मन में यह खयाल नहीं आया कि उनके लिए एक पूर्णकालिक नौकर रख दिया जाए ···जैसे आज···एक नौकर यह सब काम कर रहा है। हाँ, उन्होंने स्वयं को कभी अपंग या असामान्य नहीं माना। इसलिए अपने काम स्वयं ही करते रहे···।

नया कुर्ता-पायजामा और लेदर की चप्पलें पहनकर जब वे बाहर निकले तो···भव्य लग रहे थे। तह किया गया गमछा कंधे पर करीने से रखा गया था। सिर में तेल डालकर कंघी की गई थी। माथे पर लंबा तिलक। चेहरा चमक रहा था। जमकर मालिश की गई थी, पर गालों में पड़े गड्ढे इतने गहरे थे कि उनमें पानी की बूँदें ठहर सकती थीं।

"आप बहुत ज्यादा दुबले हो गए हो। कंधों की हड्डियाँ निकल आई हैं। आखिर आपको किस बात की चिंता है। आराम से खाओ-पिओ। घूमो। क्यों पड़े हो यहाँ···नौकरों को दे दो···।"

"चिंता, आराम। यहाँ न रहें तो कहाँ रहें?" उन्होंने आँखें तरेरकर कहा, जैसे पूछ रहे हों कि जानते नहीं हो कि हमें क्या चाहिए? ये नाटक बंद करो। अब हम

तुम्हारी चिकनी-चुपड़ी बातों में नहीं आने वाले। सचमुच अब तक तो नाटक ही चल रहा था उनके नाम पर। नेपथ्य में क्या हो रहा है, इसे वे बाद में देख-समझ सके थे। जब जरूरत होती थी, उन्हें बुलवा लेते—

"कक्का, आ जाओ। कक्का, घर में रुक जाना, हम लोग घूमने जा रहे हैं। कक्का, फार्म हाउस पर एक महीना रुकना है, फसल कटनी है। कक्का, इन पेपरों पर साइन कर दो।" कभी बैंक तो कभी रजिस्ट्रार के ऑफिस···तो कभी नोटरी के यहाँ तो कभी डी०आई०सी० ऑफिस में ले जाकर खड़ा कर देते। हस्ताक्षर करते समय कभी भी उनके मन में नहीं आया कि पूछें—हस्ताक्षर क्यों करवा रहे हो···? पूछने की हिम्मत ही नहीं पड़ती थी···क्योंकि कहीं···दुराव-छुपाव का रेशा था ही नहीं···बाद में उड़ती-उड़ती बातों से पता चलता था कि पहले कंपनी में डायरेक्टर बनाया था, अब उनकी जगह छोटी बहू को बना दिया है। उनके नाम बैंक से लोन लिया था···उनके नाम लंबे-चौड़े फार्म हाउस में एक छोटा-सा टुकड़ा था, जिसे हस्तांतरित करवा लिया गया है···ऐसे मौके पर उनका नाम उनकी उपस्थिति यानी उनका वजूद महत्त्वपूर्ण हो जाया करता था। तब भी वे तसल्ली कर लेते थे कि चलो हमारे नाम न सही बच्चों के पास तो अपना सब कुछ है। हमें कौन-सी जमीन-जायदाद छाती पर रखकर ले जानी है। बुढ़ापे में तो बच्चे ही सेवा करेंगे। अब उनका शरीर भी थक चुका था। भाग-दौड़ होती न थी। अकेलापन भी काटने लगा था। अतः जो कुछ भी अपने नाम था, बेच-बाचकर बच्चों के पास शहर आ गए। वहाँ से आने का और यहाँ रुकने का वही दिन था, जब उन्होंने महसूस किया कि कहीं कोई तारा टूटा है···अंतरिक्ष···की वो···रेखा, जहाँ शून्य होता है···यहाँ भी वो रेखा दिखाई दी। धीरे-धीरे लगने लगा था कि बँगले पर उनका रहना किसी को अच्छा नहीं लगता।

"हमारा कमरा कौन-सा है?"

"आपका कमरा दिनेश को दे दिया है।"

"हम कहाँ जाएँ?"

सचमुच वे कहाँ जाते? यहाँ रहेंगे तो बहुओं के अनुसार चौबीस घंटे सिर पर चढ़े रहेंगे···फालतू आदमी करेगा भी क्या। उनके सामने खुलकर बैठ भी नहीं पाएँगे। हर बात में हस्तक्षेप। हर बात में रायशुमारी। जीना मुश्किल हो जाएगा। उनको व्यस्त रखने के लिए रास्ता यह निकाला गया कि एक जरसी गाय खरीदी गई। गाय को फैक्टरी के पिछवाड़े रखा गया। गाय की देखभाल के बहाने वे भी वहाँ बने रहेंगे। बुरा भी नहीं लगेगा। फैक्टरी का ऑफिस वाला कमरा उनके लिए

खोल दिया गया। लेकिन घर और ऑफिस में जमीन-आसमान का अंतर था। कहाँ चमचमाता मारबल का बना बँगला…हर कमरे में ए०सी०, हर तरह की सुविधा और कहाँ पुराना…एक खिड़की वाला यह कमरा। पुताई के बावजूद उसकी दरारें नहीं भरी थीं। शाम होते ही गहन सन्नाटा छा जाता। न कोई रौनक, न आवाजें, न टी०वी०, न कोई संगी-साथी…गाँव में तो आते-जाते ही बातें हो जातीं …वे किसी चबूतरे पर बैठते…तो कोई उनके घर में आकर बैठक जमाता… । मच्छर भिनभिनाते सो अलग। आग जलाते। कछुआ छाप अगरबत्ती लगाकर रखते…तब भी चैन नहीं मिलता। मच्छरदानी…में हवा नहीं लगती। पुराना कूलर आवाज की तुलना में हवा ही न देता…दीवारों पर चिपकी छिपकलियाँ कई बार बिस्तर पर गिर पड़तीं…दम घुटने लगता। मन फड़फड़ाने लगता। बुढ़ापे में यहाँ रहना पड़ेगा चौकीदारों की तरह। उनके स्वास्थ्य से ज्यादा गाय की सुरक्षा जरूरी थी। सुबह से लेकर शाम तक गाय की सेवा में लगे रहते। नौकर के भरोसे छोड़ा नहीं कि…सब कुछ सत्यानाश। जरसी गाय का दूध—बाल्टियाँ भर-भरकर जातीं, पर उनके हाथों में क्या आता, दाढ़ी बनवाने के लिए पैसे माँगने पड़ते। दूर-दूर तक पैदल आते-जाते…बँगले पर खाना खाने जाते…काश, किसी ने कहा होता कि 'कक्का, थोड़ा दूध बेचकर वे पैसे अपने पास रख लिया करो…' पर नहीं, बहू बाल्टियों के निशान देखकर दूध रखवाती थी… । उनका क्या था? वे तो सिर्फ कर्ता थे…मालिक नहीं। फिर दो-तीन घटनाएँ ऐसी घटीं, जिन्होंने उनकी आँखों पर पड़े परदे को हटा दिया। माया-मोह के बंधनों को टूटने में उतनी ही पीड़ा महसूस होती है, जितनी पूरे होशोहवास में शरीर के किसी…अंग को…अलग करने में और शायद उससे भी गहरी, क्योंकि संबंधों की जड़ें तो मन में धँसी होती हैं। जीवन में सामान्य मनुष्य को वैराग्य यूँ ही नहीं आता…उसके पीछे घोर वेदना तथा गहरी चोटें छुपी होती हैं, तब जाकर कहीं मोहभंग होता है। मन टुकड़े-टुकड़े हो जाता है, तब कहीं उसकी गहरी जड़ें उखड़ती हैं। पहली घटना तब की है, जब वे अचानक बीमार पड़ गए थे। उन्हें तब सरकारी अस्पताल के जनरल वार्ड में भरती करवा दिया था। मई का तपता महीना। तेज गर्मी। आसपास…सारे गाँव-देहात के गरीब बेबस लोग! गंदगी, उलटी की बदबू, दर्द…कराहें चैन नहीं लेने देती थीं।

"यहाँ के डॉक्टर मेरे दोस्त हैं और एक-दो दिन की तो बात है।" चंदन ने तर्क दिया था।

शाम को जब बड़ी भतीजी अपने परिवार के साथ उन्हें देखने गई तो उसका हाथ पकड़कर फूट-फूटकर रो पड़े, "क्या ये लोग अपना इलाज यहाँ करवाते! अरे,

ये लोग तो कुत्तों तक का इलाज कार में ले जाकर प्राइवेट में करवाते हैं और हमें यहाँ लाकर पटक दिया। ये है हमारे किए का फल! जीवन-भर इनके लिए मरते-लड़ते रहे। ऊसर जमीन में कोदे खोद-खोदकर जमीन तैयार करते रहे। फसल बिकने पर सारा पैसा लेकर आते थे कि तुम सब पढ़-लिख जाओ। अपने लिए कभी एक कौड़ी नहीं बचाई बेटा···। तुम तो···यहीं कहीं चौकीदार की नौकरी दिलवा दो। अब सहन नहीं होता। महीने में हजार-दो हजार रुपए तो मिलेंगे। खूब पइसा देते पर हिसाब से···। अपने लिए···एक पैसा नहीं बचा सकते···। मन में शक धरा है कि हम सुरेश (बड़े भाई के बेटे) को न दे आएँ। उनके लिए किया पर अब वे भी नहीं पूछते। दहलीज से खड़े-खड़े भगा दिया था···और अब यहाँ।" उनकी आँखों से आँसू बह रहे थे···। "अगर यही जीवन है तो मौत आ जाए···।" वे सिसक-सिसककर बोल रहे थे···। उनकी आवाज में अथाह वेदना थी।

भतीजी ने उनके माथे पर हाथ फेरते हुए सांत्वना दी। इससे पूर्व भी वे अपनी उपेक्षा का संकेत दे चुके थे, लेकिन सौगंध दे दी थी कि किसी से कुछ कहना नहीं···घर में क्लेश होगा···कहेंगे कक्का बाहर शिकायतें करते हैं। हम शिकायत नहीं कर रहे हैं।

गाँव में कुछ बचा नहीं था···जो था उस पर बड़े भाई ने कब्जा कर लिया था···। मात्र एक कमरा था, उसी में जीवन सिमटकर रह गया था। इसलिए उकताकर यहाँ चले आए थे, पर यहाँ···यहाँ अपना कहने को कुछ न था! डिस्चार्ज करके उन्हें वहीं ले जाया गया। भाँय-भाँय करता बदसूरत कमरा। खड़-खड़ करता कूलर···हाँ, अब एक पुराना टी०वी० अलबत्ता आ गया था। उनका खाना अब टिफिन में आ जाता था। ठंडी सब्जी···चमचोली रोटियाँ। यानी घर जाने के रास्ते बंद हो चुके थे। न बच्चों के हँसी-ठहाके सुनाई देते, न वो चहल-पहल, न रौनक। जानते हैं, शायद उम्र इसका कारण हो या अंदर भरा बतरस, जो अब किस्से-कहानियों के द्वारा बह जाना चाहता है···। मगर उसकी इतनी बड़ी सजा। अपनों को अलग करना हो तो उनसे ऐसी कोई अपमानजनक चुभने वाली बात कह दो, जिसे सुनकर वह तड़प उठें; तिलमिला जाएँ। चेहरे से घृणा करें। कभी चेहरा न देखने की प्रतिज्ञा पाल लें। बस, यही तो हुआ था···बड़ी बहू से झगड़ा···। छोटी द्वारा लगाया गया आरोप कि वे जब चाहें तब ताक-झाँक करते हैं···प्राइवेसी नहीं रहती है।

और वह फार्म हाउस वाली घटना! घटना क्या उन्हें फार्म हाउस से बाहर करवा देने का षड्यंत्र, जो आज भी उनके हृदय में अपमान और दर्द का दरिया

बनकर बह रहा है। जो सूखता ही न था। तेल के खौलते कड़ाहे में जैसे जिंदा परिंदे को डाल दिया हो और उसकी वो अंतिम चीख···वो तड़प कभी विस्मृत नहीं हो पाती। हृदय में धँसकर बैठ जाती है। फसल आ चुकी थी। उन दिनों गेहूँ तथा चने साफ किए जा रहे थे। सुनहरे रंग का गेहूँ···दूर तक निगाहें डालो फिर भी उस ढेर का छोर दिखाई नहीं देता था। हजारों क्विंटल अनाज! जो आदमी इस सबका रखवाला यानी मुकद्दम था, इस सारे फार्म हाउस के काम को करवाता था, उसका परिवार वहीं रहता था।···रहने का मकान था। कुआँ था। आमों का बगीचा···नीबू के पेड़, मौसमी, अमरूद, अनार···पता नहीं चल पाता कि कब कौन से फल आए, गिरे-बिखरे सड़े या बेचे गए···और···कितने बँगले पर भेजे जाते थे। वही हाल सोयाबीन का था। दो-तीन बार चोरी हो चुकी थी···कक्का का मानना था कि चोर कोई और नहीं भवानीसिंह मुकद्दम ही है···लेकिन उनकी बात पर कोई विश्वास नहीं करता था। सब लोगों का मानना था कि वे हर बात को बढ़ा-चढ़ाकर बताते हैं, पर उनके बिना काम भी नहीं चलता था, अतः यही सोचकर उन्हें पंद्रह-बीस दिन के लिए फार्म हाउस पर छोड़ दिया। वह लिहाज भी करते थे। मना नहीं कर पाते थे।

एक रात खुले आसमान के नीचे पलंग डालकर लेटे थे। हलकी ठंडी हवा चल रही थी। पत्तों के खड़खड़ाने की आवाज! फलों के टपकने की ध्वनि···कुएँ में छलाँग लगाते मेढक···कुल मिलाकर मधुर सांगीतिक धुन का अहसास हो रहा था। तभी उन्हें सर-सर, खुसर-फुसर-सी आवाज सुनाई दी···। वह दबे पाँव जल्दी-जल्दी भागकर गए। उन्हें लगा, यही वो मौका है, जब वह स्वयं को सच साबित कर सकते हैं। देखा, भवानीसिंह अपनी पत्नी तथा भाई के साथ गेहूँ की बोरियाँ भरकर कमरे में रखवाता जा रहा है। उन्होंने लाइट जलाई और जोर से चीख पड़े—"कमीनो! चोट्टो! जहाँ रहते हो वहीं चोरी करते हो। आने दो चंदन को। निकलवाते हैं तुम सबको। बाप का माल समझ रखा है। धोखा देते शरम नहीं आती। हमें तो पहले से ही शक था। कक्का इसीलिए तो तुम सबकी आँख की किरकिरी थे। कक्का रहेंगे तो तुम लोग यह सब कैसे कर पाओगे?"

उन्होंने फोन का ताला खोला और उसी वक्त फोन लगाया।

"सुबह आकर देखेंगे, पुलिस को खबर दे देंगे। यह वक्त नहीं है आने का। आप भी सो जाओ। ज्यादा हंगामा मत मचाना।" चंदन ने समझाते हुए कहा।

पर उन्हें नींद कहाँ? वे तुरंत जाकर सारी बातें बता देना चाहते थे। जब वे बँगले पर पैदल-पैदल पहुँचे तो देखा भवानीसिंह पहले से ही पत्नी तथा अपने

साथियों के साथ मौजूद था। उसकी पत्नी रो-रोकर बता रही थी–"इन्होंने दोनों हाथों से पकड़ लिया और लगे चूमने-चाटने? भगवान् कसम भइया! हमने कभी ऐसा नहीं किया। आप बताओ क्या इसी साल गेहूँ आया है? हम तो आपसे माँगकर ले लेते हैं।" भवानीसिंह के चमचों ने उसकी बात का समर्थन किया।

उन्हें जैसे काटो तो खून नहीं। मारने के लिए दौड़े तो चंदन ने हाथ पकड़ लिया। भवानीसिंह को फार्म हाउस से निकलवाने का, उसे चोर सिद्ध करने का इससे अच्छा मौका और क्या हो सकता था, पर वे तो स्वयं ही गिरा दिए गए थे सबकी नजरों से और ये सब भी कैसे एक चोट्टे की बात मान रहे हैं। सिर झुकाकर रह गए। पाँव बेजान। हृदय जैसे बंद। चारों तरफ अँधेरा ही अँधेरा···लगा गिर पड़ेंगे···। बोलने की कोशिश करते तो जबान लड़खड़ा उठती। जीवन-भर की कमाई गई इज्जत और पवित्रता···क्षण-भर में कलुषित कर दी गई थी। तिरिया चरित्र का ऐसा मारक रूप। शर्म-वेदना और अपमान से भरे वे उसी रात गाँव चले आए थे। भतीजों ने परायों पर विश्वास किया, अपनों पर नहीं। भवानीसिंह उनका आज्ञाकारी सेवक था। उसने सबको अपने कब्जे में ले रखा था। एक बार डाँटकर पूछते तो कि माजरा क्या है? उलटा उन्हीं को खरी-खोटी बातें सुना दीं–बुढ़ापे में नाक कटवा दी। वह तो भवानीसिंह था, जो लिहाज कर गया अन्यथा कुछ भी हो सकता था। उन्होंने कई बार परिंदों को दम तोड़ते देखा था। कई जानवर उनके हाथों में मरे थे और कई साँपों के फन उन्होंने कुचले थे···सबकी आँखों में जीवन की वो तड़प, वो छटपटाहट देखी थी, जो आज उनके भीतर थी। रात-रात-भर करवटें बदलते। नींद न आती। भूख मर गई थी। आँखें जलती रहती थीं। लगता, रोम-रोम किसी तीक्ष्ण अदृश्य ज्वाला से जल रहा है। इधर भी कोई ठौर-ठिकाना न रहा था। हर कमरे में ताला। बस मंदिर, कुआँ और कमरा और उसी से लगी जमीन उनके पास थी। इस जमीन के लिए भी भाई ने पंचायत के सामने कई बार ये प्रस्ताव रखवाया था कि···उसका वारिस इन्हें बना दिया जाए। जबकि शर्त यह थी कि उनकी मृत्यु के बाद ही वो जमीन उन्हें मिल सकती थी, यानी उनकी मृत्यु की प्रतीक्षा। मृत्यु की कामना। ऐसा नंगा नाच वो भी जमीन-जायदाद के लिए। इसी महादुःख से घबराकर वे एक दिन चित्रकूट चले गए, फिर हरिद्वार···फिर चारों धाम की यात्रा। विकलांग कोटे से उनका विकलांग पास बना हुआ था, इसलिए किराए के लिए पैसे की जरूरत नहीं पड़ती थी–मगर इतनी जगह जाकर भी वे अंदर से धधकते दर्द से मुक्ति नहीं पा सके थे। हर बार वही दृश्य! वही आवाजें! वही चेहरे। वही गेहूँ का अपार ढेर और उस ढेर के पास···उस झूठी स्त्री का

चेहरा। उन्होंने अपने बारे में कोई खबर नहीं की। सब सोचते होंगे कि जीवन-भर कुँवारे रहे हैं—इसलिए बहकना स्वाभाविक है। पर कभी किसी ने ये नहीं सोचा कि उनके भीतर बैठा इंसान भी नैसर्गिक जीवन जीना चाहता होगा। मन में उठी होगी स्त्री-देह को छूने··पाने की कामना। चाहा होगा नरम हाथों का स्पर्श··जागी होगी संतान को पाने की इच्छा और फिर उससे जुड़ी मोक्ष की कामना। दोनों भाई अपना-अपना परिवार बढ़ाते रहे··।

दोषी तो कुदरत है, जिसने उन्हें अपंग बना दिया था। अगर प्रयास किया जाता तो कोई न कोई साथी तो मिल ही जाता, पर अब उनका मन सीधे प्रतिप्रश्न करने लगा है कि यह भी एक साजिश रही होगी। एकांत में लेटते ही स्मृतियाँ उतर आतीं। बचपन में चेचक का कहर बरपा था। सवा-डेढ़ महीने तक पड़े रहे थे। ठीक हो गए तो ईश्वर की कृपा अन्यथा मृत्यु तो निश्चित रहती ही थी। गाँव के गाँव··परिवार के परिवार··समाप्त हो जाते थे··। वे भी पड़े रहे थे··उसी समय नरम हड्डियाँ··सीधी हो गईं··। जैसे कोई पेड़ जड़ हो गया हो··। कंधे से लेकर कुहनी तक पतले हाथ और कलाई से लेकर ऊपर तक मोटे हाथ। माता तो झर गई थी, पर यह अभिशाप छोड़ गई थी। ठगे से रह गए। आसपास दिखाया। जनवा··वैद्य··जड़ी-बूटी, झाड़-फूँक··तेल मालिश—सब करवाया, मगर कोई फायदा नहीं हुआ। बड़े भाई ने कुछ समय तक सेवा की, मगर कब तक··। बढ़ती उम्र ··चढ़ती हुई जवानी और पतले-सीधे हाथ। काम के बिना जीवन कैसे कटेगा? निराशा तथा दुःख से भरे जीवन में मृत्यु ही एकमात्र मुक्ति का मार्ग थी, पर यूँ मरा भी तो नहीं जाता था। उन्हें याद है, जब उनका शरीर पसीने से चिपचिपा जाता था। मैल की परतें जम जातीं··दाँतों में खट पड़ जाती··कीड़े पड़ जाते कपड़ों में··स्वभाव में तीखा गुस्सा, चिड़चिड़ापन, इसीलिए निर्मम भी होते गए। किसी की सहायता न लेते, न अपना दुःख कहते। फिर जैसे उन्होंने रास्ता निकाला। घुटने पर रोटी रखते और मुँह में दबाते··कभी रोटी गिर जाती तो कभी सब्जी··पर धीरे-धीरे स्वयं को साधा··साधना करके शरीर को अपना गुलाम बनाया··हाथों की कैंची बनाकर लोटा रखकर पानी पीते। कंधा बाँधकर·· यहाँ-वहाँ के बाल ओंछ लेते··दीवार से पीठ रगड़ते, दातुन को बाँधकर दाँत साफ करते··बस, ऐसे ही उनके कामों के औजार बनते गए थे··और आश्चर्य कि वही टेढ़े हाथ उनकी ताकत बनते गए··पर गृहस्थ जीवन फिर भी न बस सका··इस संबंध में भी उन्हें कोई पछतावा नहीं था। भाइयों के बच्चों को अपना बना लिया था··उनकी पढ़ाई के लिए पैसे, उनके लिए अनाज··उनके लिए सपने देखना··

उनका ध्येय बन गया था। भतीजे भी एक समय था, जब देखभाल में, सेवा में कोई कसर नहीं छोड़ते थे···पर जब अधिकारों की बात आई, हिस्सा-बाँट हुआ और दूसरे घर की लड़कियों ने राज-पाट सँभाला तो वे सब अलग-अलग नजर आए···। वह अंततः इसी नतीजे पर पहुँचते कि भाइयों को समझना था···बच्चों का क्या दोष? मन इतना खट्टा हो चुका था कि जीवन-भर न देखने का संकल्प ले लिया।

लंबी यात्रा से लौटे तो मन के साथ-साथ तन भी थककर चूर-चूर हो गया। हाथ खाली थे। उधार माँगते तो किस मुँह से। लोग क्या सोचेंगे कि भाई ने निकाल दिया। कोई और काम कर नहीं सकते थे। कहीं जाकर रह नहीं सकते थे। यहीं रहकर शेष जीवन गुजारना था···। सबको त्याग दिया था, लेकिन फिर से वही काम करना···मन को समझाया। तैयार किया···। संकोच-शर्म त्यागा और किसी तरह सोसायटी से ब्याज पर पैसा उठाया···। मंदिर वाली जमीन पर···रात-दिन करके जुटे रहे···। साठ वर्ष के बाद जीवन शून्य से शुरू कर रहे थे···।···मन पर चोट लगी थी, इसलिए करना तो था ही! जवाब देना था अपने अपमान का; अपनी पराजय का।

"क्या जरूरत है यह सब करने की?" आज हरेक की जबान पर एक ही सवाल था।

"बैठे-ठाले क्या करेंगे?" फिर भी वे सँभलकर बोले। आक्षेप की भाषा नहीं बोलना चाहते हैं···।

"आराम करो। घूमो-फिरो। किस बात की कमी है···हमने आपकी सेवा में कभी कमी की! आगे भी नहीं करेंगे। आखिर किस बात की कमी है?"

वह कैसे समझाएँ कि उन्हें यह सब मजबूरीवश करना पड़ रहा है···। आत्मा में पड़े छाले कोई नहीं देख सकता। मन में उठा हाहाकार पता नहीं कब शांत होगा।

"कक्का, आपने जीवन में जो-जो काम किए हैं, सब विस्तार से बताना।"

"अब शर्म नहीं आएगी हमको लेकर!" उनके मुँह से तपाक से निकल गया। इतना खरा जवाब! स्तब्ध चंदन उनका चेहरा देखता रह गया। "इन बूढ़ों के लिए कुछ भी करो···कभी खुश नहीं होते। कभी संतुष्ट नहीं होते। कभी आशीर्वाद नहीं देते···हमेशा शिकायत। हमेशा ताने मारना···। खुद को दुखी सिद्ध करना···।"

साथ चलने के लिए बहुत मनाया चंदन ने, पर सब बेअसर! सारे मोह तोड़ चुके हैं। अब उन्हें अपना एकांत भला लगने लगा है···हालाँकि इस एकांत ने उन

पर प्राणलेवा हमला भी किया था···लंबी बीमारी में पड़े रहे थे···अकेले···कुढ़ते··· कराहते···न कोई पानी देने वाला, न दर्द को खींचने वाला···तब···अछूत रमलिया ने आकर उनके घर की देखभाल की। पानी भरकर रख जाती···। उनके कपड़े धो जाती। पहले उसके हाथ का दलिया, खिचड़ी न खाते थे, पर किन क्षणों उन हाथों से जाति का रंग उतर गया और स्वाद लग गया जीभ को। इसी सेवाभाव में पता नहीं कब वे एक-दूसरे के निकट आ गए। एकाकी जीवन का सफर शायद यूँ ही खत्म होना था। पूरे गाँव में हंगामा खड़ा हो गया कि पंडित जी ने रमलिया को रख लिया है। भवानीसिंह की पत्नी का निराधार आरोप भी अब सत्य प्रतीत हो रहा था। अविश्वास की कोई बात नहीं रह गई थी।

"पागल हो गए हैं···।"

"बदनामी करवा दी···। मुँह दिखाने लायक नहीं छोड़ा!"

"शादी ही करनी थी तो अपने समाज की औरत से कर लेते।"

"पता नहीं···क्या सूझा···जीवन-भर ढोंग करते रहे कुँवारे रहने का···। उस नीच औरत ने सोचा होगा बुड्ढे के पास काफी पैसा है। घर वालों से नाराज है, इसलिए फँसा लो। अब घर में कदम मत रखने देना। सारे संबंध खत्म। हमें भी तो समाज में अपने बच्चों के लिए रहना है···। संबंध करने हैं। अब क्या होगा?" छोटे भाई स्तब्ध। आग बबूला।

"पापी! दुष्कर्मी! नीच! खानदान पर लगा कलंक! हमें तो इसीलिए नफरत थी।"

उधर जात, कुल, गोत्र और खानदान को लेकर चर्चाएँ हो रही थीं, जबकि उन्होंने न जाति देखी थी, न रंग-रूप, न आगे-पीछे का परिणाम सोचा था। उन्हें तो ऐसा सहचर चाहिए था, जो बीहड़ होती जिंदगी के शेष दिनों में अपनापन दे सके, उनके एकांत को भर सके। मन पर छाए अवसाद के मेघों को बरसा सके। फिर एक दिन लोगों ने सुना कि वह अपनी रमलिया को लेकर यात्रा पर निकल गए। कुछ मसखरों ने मसखरी की—'बुढ़ापे में गुलछर्रे उड़ा रहे हैं।'···कुछ ने कहा—'डर के मारे भाग गए हैं···।' कुछ ने कहा—'बुढ़ापे में प्रेम की पींगें मार रहे हैं।' पर हकीकत में न वह गुलछर्रे उड़ा रहे थे, न यात्रा का सुख-चैन भोग रहे थे। न स्त्री-देह के प्रति कामासक्त हुए थे। पंचायत के द्वारा उन पर लगातार दबाव डाला जा रहा था कि वह मंदिर वाली जमीन से अपना नाम वापस ले लें और अपने बड़े भाई को वारिस बना दें, क्योंकि उन्होंने एक नीच जाति की औरत से विवाह कर लिया है, इसलिए इस समस्या से पीछा छुड़ाने के लिए···समाज की

झिड़कियों और हँसी-ठिठोली से बचने के लिए जाति से बाहर विवाह करने के आरोप में बहिष्कृत किए जाने की आशंका से वह अनजान शहर में रह रहे थे··· जहाँ न कोई कैमरामैन था, न टी०वी० वाले··· न विकलांग संस्था के अध्यक्ष, न तमाशबीनों की टोली, न अपनों की दुत्कार··· न परायों की नसीहतें··· यहाँ तो सिर्फ और सिर्फ वह थे··· उनकी जीवन सहचर थी··· जीवन का संगीत था··· सघन छाया थी··· परिंदों का कोलाहल था··· अधूरेपन से··· मुक्ति थी···। और यह कैसी विडंबना थी कि जब तक वे दूसरों की इच्छा से जीते रहे तब उन्हें चैन न था··· और आज जबकि वे अपनी इच्छा से जी रहे हैं, तब दूसरों को चैन नहीं था। उनकी समझ में नहीं आ रहा था कि आखिर उनके जैसे व्यक्ति को कैसे जीना चाहिए? और इसीलिए आज वे अपने परिवार, समाज तथा गाँव के लिए एक चुनौती के रूप में खड़े थे। यह पलायन नहीं, जीवन के प्रति प्रेम का भाव था, जिसे वह जीना चाहते थे।

सबूत

जब वह लौटकर आई तो सुबह के साढ़े नौ बज चुके थे। चारों तरफ धूप फैली थी। काम पर जाने वाले लोग भागते-से लग रहे थे। उसकी अधिकांश सहेलियाँ काम पर निकल गई होंगी—आज उसे भी हर हालत में काम पर लौटना था, इसलिए घर पहुँचने की जल्दी में वह किसी बस में न बैठकर ऑटो में बैठ गई। रह-रहकर एक ही बात की चिंता सताती रही कि उसकी अनुपस्थिति में भानू ने ठीक से कुछ खाया-पिया होगा या नहीं। रोई तो नहीं थी। सबको परेशान तो नहीं किया होगा। वह तो भानू को ले जाना चाहती थी, पर पुष्पा ने रोक दिया था—अभी हंगामा खड़ा हो जाएगा। लोग क्या कहेंगे? ट्रेन के जनरल कंपार्टमेंट में भीड़ के कारण पूरी रात बाथरूम के सामने जागते हुए काटनी पड़ी थी…तब भी बस भानू का खयाल उसे घेरे रहा था।

थैला बाहर ही छोड़ वह भानू…भानू…पुकारती भीतर दौड़ पड़ी। पुष्पा उसको यूँ आया देखकर चौंक पड़ी। सकपकाकर बोली, "तू तो परसों आने वाली थी।"

"काम हो गया…। भानू की चिंता लगी थी। तुम्हें परेशान किया होगा। कहाँ है? सो रही है क्या?" उसका धैर्य छूटा जा रहा था।

"इधर ही कहीं होगी।" पुष्पा ने नजरें बचाते हुए कहा, जैसे नजरें सच्चाई उगल देंगी…। लापरवाही से बोली गई बात में भी भावी दुर्घटना की भयावहता झलक रही थी।

"इधर तो कहीं दिखी नहीं।"

"बच्चों के साथ गई होगी।"

"दोनों सँभाल तो पाते नहीं, उसे गिरा दिया तो…तुम्हें मना करना था।" वह शिकायती लहजे में बोली।

"वे मेरी सुनते कहाँ हैं?" कहते हुए पुष्पा बाहर निकल गई।

वह दुबारा भीतर के कमरे में गई, फिर पीछे के आँगन में, बाहर की सँकरी गली में, गली के पीछे बने छोटे से मैदान में, फिर नल के पास…आसपास खेलते हुए बच्चों से पूछा…महिलाओं से भी। पर सभी ने 'ना' में सिर हिला दिया…।

अब उसका मन घबराने लगा। उसके कदम तेजी से उठने लगे। वह बिना दौड़े ही हाँफने लगी। हलकी ठंड में भी माथे पर पसीना आ गया। दोनों बच्चों को खोजते हुए पेड़ों के पास चली गई। जहाँ कई बच्चे लंबा तार लिए अमरूद तोड़ रहे थे। एक बच्चा नीचे वाली डाल पर बैठा था, तो दूसरा पॉलिथिन की थैली में हरे-हरे अमरूद भरता जा रहा था। जाली के पीछे काला कुत्ता घूम-घूमकर उन पर भौंके जा रहा था⋯वह जाली पर पंजे पटकता तो कभी पेड़ पर चढ़ने की कोशिश करता, तो कभी⋯थक-हारकर वापस लौट जाता⋯बच्चे अपने में इतने डूबे थे कि उसकी पुकार न सुन सके।

"रमेश, भानू किधर है?"

"सरिता, भानू कहाँ है?"

"हमें क्या पता?" दोनों बच्चों ने अनभिज्ञता में सिर हिला दिया।

"तो किसे पता है?" थर-थर काँपती वह जोर-जोर से चीखने लगी। दोनों के हाथ पकड़कर घसीटते हुए गालियाँ देती⋯वह अधैर्य होती जा रही थी।

"तेरी अम्माँ कह रही थी कि भानू तुम्हारे साथ है।"

"अम्माँ झूठ बोलती है।" लड़के ने झटके से अपना हाथ छुड़ाते हुए कहा।

"तो सच क्या है?" उन दोनों को धकियाते हुए पूछने लगी वह। उसकी साड़ी का पल्लू धूल में लिथड़ रहा था। होंठ सूख चुके थे और आँखों में कभी आँसू तो कभी क्षोभ तो कभी असहायता के भाव उमड़ आते थे।

शोर सुनकर आसपास के लोग इकट्ठे हो गए। बच्चों की जुबान बंद थी। आँखों में भय था। सच को छुपाने की सप्रयास की जा रही चेष्टाएँ उन्हें असहज बना रही थीं।⋯

"देख पुष्पा, इन दोनों ने भानू को न जाने कहाँ छोड़ दिया है⋯।" फोन पर फफक-फफककर रोती वह शिकायत कर रही थी—"तुम जल्दी से आ जाओ! पुलिस में रिपोर्ट लिखवानी पड़ेगी। इतनी छोटी बच्ची को कुत्ते और सुअर उठा सकते हैं। किसी नाली में न गिर पड़ी हो⋯पता नहीं कोई बेच-बाच न दे⋯।"

"बच्चों को परेशान मत कर। मैं आ रही हूँ।"

उसने दोनों बच्चों को छोड़ दिया। हताश माथा पकड़⋯जमीन पर बैठ गई। जोर-जोर से धड़कते दिल को काबू में करते हुए वह होश में रहना चाहती थी।

पुष्पा⋯दो-तीन घंटे बाद आई। आते ही चिल्लाकर बोली—"बच्चों को क्यों मारती-पीटती है। मैं छोड़कर आई थी भानू को।"

"छोड़कर आई थी⋯कहाँ? मुझसे बिना पूछे।" उसे लगा जोर का झटका

देकर किसी ने उसे खुले आसमान में छोड़ दिया हो।

"नहीं बताती। वह पाप की औलाद थी। नाजायज! कहाँ है उसका बाप! उसको कब तक रखेगी अपने पास···? क्या जवाब देती जीजा को। मना किया था मत पैदा कर। तूने मेरी बात मानी भी···बस, मैं छोड़ आई। कोई न कोई गोद लेकर पाल लेगा।" पुष्पा सारी बातें ऐसे कह रही थी, जैसे भानू कोई बच्ची न होकर वस्तु हो, जिसे फेंकना कोई अपराध न हो···। उसे बाकी बातें···गड्डमड्ड होतीं···दूर समंदर की लहरों से उठती-सी सुनाई दे रही थीं, फिर दिखाई दिया उसे घूमता हुआ धूसर आसमान···सूरज···बाहर खड़ा पेड़, आसपास की अधकच्ची दीवारें···सामने रखी चीजें···बाहर बैठा कुत्ता···हलका-सा अँधेरा···अँधेरे में चमकती भानू की आँखें···गोल-गोल चेहरा···हलके रेशम से बाल···वह अर्द्धमूर्च्छित-सी जमीन पर पसर गई। पेट में गुड़गुड़ हो रही थी। कल दोपहर में खाना खाया था···। रात-भर से पानी नहीं पिया था···पसीने, धूल से चिपचिपाता शरीर···। भानू···भानू···टूटे···विक्षिप्त से शब्द उसके पपड़ाए मोटे होंठों से बराबर निकल रहे थे···। थोड़ी देर बाद भानू नाम···हिचकियों में घुलने लगा···। तेज होती धूप··· उसकी हिचकियाँ लेती देह पर पतली चादर की तरह पड़ रही थी···।

"कहाँ मिलेगी भानू···कहाँ! इतना बड़ा शहर···इतनी बस्तियाँ···इतने बच्चे। छह माह की बच्ची। पुष्पा तू भी तो माँ है। औरत है। मेरी बहन है। नहीं जानती थी कि मुझ पर क्या बीतेगी। जिस बच्ची को इतने विरोधों के बाद जन्म दिया था, उसको तुमने अलग कर दिया···।" उसके भीतर सवालों की, शिकायतों की झड़ी थी···।

गाँव में अपने तीन बच्चों और पति के साथ रहती थी। पति बेकाम था। शराब पीना और गाली-गलौज करना। रात-दिन हाड़तोड़ मेहनत करके वही खर्चा उठाती थी। पुष्पा ने उसे यहाँ बुलवा लिया था। नई बनती शानदार कॉलोनियों में पैसे वाले और कामकाजी महिलाओं को साफ-सुथरी विश्वसनीय जान-पहचान की बाइयों की जरूरत थी। पैसा भी अच्छा-खासा मिल जाता है। बच्चों को सास के पास छोड़कर आ गई थी वह। घरों में काम करते हुए उसने अपनी पहचान बना ली थी। धान रोपती···घास काटती···लकड़ी बीनती दूर-दूर से पानी लाती···गर्मी, ठंड में रहते हुए यहाँ का जीवन उसे रास आ गया था। मैडम लोग भी उसे पसंद करती थीं···वह चाह रही थी कि जल्द से जल्द बच्चों को यहीं बुला ले···जिसके लिए एक कमरा होना जरूरी था···। उसके आते ही पति बाहर चला गया था तब उन दुःख के दिनों में, अकेलेपन में उसकी पहचान राजेश से हुई थी···मुलाकात प्रेम

में बदल गई थी और दोनों ने फैसला किया कि जीवन-भर साथ रहेंगे⋯तब उनके प्रेम की यह सौगात⋯भानू के रूप में आई थी। पुष्पा ने जबरदस्त विरोध किया था। एबॉर्शन के लिए दबाव डाला था, पर वह न मानी थी और तब का बदला पुष्पा ने इस तरह लिया था। भानू का भोला मासूम चेहरा भी उसकी निर्दय जिद को नहीं तोड़ सका था।

इसी तरह लड़ते-झगड़ते विरोध रहते भानू को छुपाए-छुपाए छह माह गुजर गए थे। उसे गाँव जाना था। गाँव बच्ची को ले नहीं जा सकती थी और यहाँ छोड़कर जाने का यह नतीजा निकला!

"मौसी! मौसी⋯!" सरिता ने माँ की आँख बचाकर उसे झकझोरा, "उठो मौसी।"

उसने दोनों हाथ जोड़ दिए, "कहाँ है भानू⋯बता दे।"

"नहीं मालूम। पर अम्मा कहती है, किसी पेड़ के पास बने झूलाघर के पास छोड़कर आई थी⋯मेरी कसम खाओ मौसी, अम्मा को यह बात पता नहीं चलनी चाहिए।"

उसने सरिता के सिर पर हाथ रख दिया।

उसने स्वयं को सँभाला। खाली पेट पानी पिया, मुँह धोया। ढेर सारी धूल-मैल पानी के साथ बह निकला। रोने-धोने बैठी तो भानू को कैसे ढूँढ़ेगी। उसे तो खोजना ही होगा। उसने पलटकर पुष्पा से एक शब्द भी न कहा। खामोश⋯ अपना काम करती और निकल जाती⋯अपने सीने में वह कितना बड़ा पहाड़ लिए थी⋯पुष्पा नहीं जानती थी।

सुबह से निकलकर वह एक-एक झूलाघर और अनाथालय के बारे में पता करने के लिए भटकती रहती⋯। हजारों पेड़⋯सैकड़ों मंदिर⋯कई झीलें⋯कितने झूलाघर⋯कहाँ-कहाँ जाए! कई बार बेतहाशा हताशा में डूब जाती। कई बार एकांत में फूट-फूटकर रो लेती और दूसरी सुबह फिर अपनी खोज पर चल देती। वह चलती कहीं, देखती कहीं⋯काम कुछ करती, बात कोई और सुनती। उसके हाथों से चीजें छूटकर गिर जातीं तो चाय फैल जाती या प्याज जल जाती⋯पानी बहता रहता⋯या कपड़ों में साबुन लगा रह जाता⋯कोई पूछता तो⋯जवाब में मोटे-मोटे आँसू बह जाते⋯। सहानुभूति पाकर भी उसे तसल्ली न मिलती⋯। धीरे-धीरे सब अपनी दुनिया में लौट गए⋯। बड़ी-बड़ी घटनाएँ समय के साथ लोगों के जेहन में उतर जाती हैं, फिर यह तो एक काम वाली बाई की लड़की के खोने की मामूली-सी बात थी⋯।

और उस दिन झूलाघर में हड़कंप मच गया। सब हक्का-बक्का थे। पता चला एक बच्ची गायब है···साथ में गायब है यहाँ काम करने वाली बाई। आनन-फानन में पुलिस को सूचना दी गई। रिपोर्ट दर्ज करवाई गई। जाँच-पड़ताल और पूछताछ के कुछ दिनों बाद ही महिला बच्ची सहित बस स्टैंड के पास से बरामद कर ली गई। प्रेस वाले···टी०वी० वाले···उसे घेरे थे। पुलिस वैन में बैठती महिला और बच्ची के फोटो लिए जा रहे थे···दिल को छू लेने वाले शीर्षकों के साथ खबर तैयार की जा रही थी!

"यह मेरी ही बच्ची है···।" वह फूट-फूटकर रो रही थी।

"क्या सबूत है?"

"सबूत! पुष्पा को पता है कि यह मेरी लड़की है। पुष्पा, जिसने भानू को छोड़ दिया था। क्या वह सच कहेगी? कहीं उसने फिर से झूठ बोल दिया तो। तो उसे अपनी ही बच्ची को चुराने के जुर्म में सजा हो जाएगी, तब उसके तीनों बच्चों का क्या होगा? परिवार और समाज वाले उसे बहिष्कृत कर देंगे। राजेश छह महीने बाद लौटने वाला था···तब उसे क्या जवाब देगी···जो भी हो···वह दुनिया के सामने कहेगी कि असली माँ वही है···। उसके माथे और पीठ पर पड़ा निशान कौन जानता है?···कितने दिनों से वह उसे अपना दूध पिला रही थी, अपने पास सुलाती थी। छाती से चिपकाकर···किसी को शक न हो, इसलिए सारी सावधानियाँ बरतती थी। कैसे हाथ-पाँव जोड़कर···वहाँ नौकरी पाने में सफल हुई थी···। पाँवों में छाले पड़ गए थे, यह सब करते हुए उसे। लेकिन बच्ची चुराने का अपराध तो उसने किया था। वह आज तक नहीं समझ पाई कि जिसने बच्ची को लावारिस छोड़ दिया था, उसे तो कोई पकड़ता नहीं···दोषी नहीं मान रहा है और मुझे···जेल में डाल दिया है।

सूनी···आँसू-भरी आँखों से राह तकती वह एक-एक पल युगों के समान बिता रही थी। दो दिन बाद उसे कोर्ट में पेश किया जाएगा। पुष्पा की गवाही होगी। झूलाघर वालों की भी। पुलिस की महिलाओं ने उसे कितनी गालियाँ दी हैं···कितने थप्पड़ मारे हैं···सब कुछ बर्दाश्त करती रही वह···इतने बड़े शहर में उसका अपना कोई भी तो नहीं है···

कोर्ट जाने से पहले उसने देखा, उसकी मैडम मिलने आई है···वह···बेआवाज रो पड़ी, लगा भीतर नदी के किनारे टूट गए हों··· "उसने झूठ बोल दिया तो मैडम जी, वही एक जानती है कि यह मेरी लड़की है···!"

"चिंता मत करो बाई···," उन्होंने उसके हड़ीले···झुके कंधों को पकड़कर

कहा, "अगर वह सच नहीं बोलती है, तो हम बच्ची का डी०एन०ए० टेस्ट करवा लेंगे।"

"मैडम जी, मेरी बेटी···मैं झूठ नहीं बोल रही हूँ। भगवान की कसम! बच्चों की कसम!"

"पर तुमने ऐसा क्यों किया···?"

"तो क्या करती? वे लोग उसे किसी को गोद दे देते तो···।"

वह नहीं जानती कि डी०एन०ए० टेस्ट क्या होता है···वह नहीं जानती कि जेल से छूटने की प्रक्रिया क्या होगी···वह तो सिर्फ इतना जानती है कि भानू उसकी लड़की है···उसकी आत्मा···उसकी साँसें···उसकी जिंदगी···। वह तो सिर्फ भानू को पाना चाहती है, सिर्फ भानू के बदले में चाहे उससे कोई उसकी जिंदगी ही क्यों न ले ले···लेकिन कानून तो सबूत माँगता है। और जब तक सबूत नहीं मिल जाता है, तब तक उसे अपनी ही बेटी को चुराने के जुर्म में जेल में रहना होगा···।

हँसी

24/10/2004 **प्रातः 4 बजे**

आज मौसी का परिवार आ रहा है। पंद्रह दिन पहले से तैयारियाँ चल रही हैं। किराना। सब्जी का हिसाब। दूध के लिए अलग से पैसे। घूमने जाएँगे तो कितने पैसे अलग से रखना चाहिए। बीच में एक-दो नई पिक्चर। मेरा कमरा ठीक किया जा रहा है। नई चादरें लाई जाएँगी। नए तकिया-कवर। पुराने कूलर पर कलर करवाया गया और मोटर भी बदलवा दी है। मौसा जी को कूलर के बिना नींद नहीं आती है। उनके बेटों को अलग से कूलर चाहिए। खाने-पीने और आराम करने में कोई कंप्रोमाइज नहीं, यानी हमारे तीन माह का बजट 15 दिन में स्वाहा! इन दिनों मेरा कमरा नहीं रहेगा। मेरी अपनी चीजें, गुड़ियाँ...छोटे-छोटे गेम्स...बालों में बाँधने के रबर...पेंसिल-फूलदान...करीने से जमाई गईं किताबें, पत्रिकाएँ...सारी चीजों को समेटकर एक कोने में बाँधकर रखा जाना है। उनका छोटा बेटा शैतान है। चंचल है। चुलबुला है...जिद्दी है। लाड़ला है, इसलिए सब चीजें तितर-बितर कर देता है या फेंक देता है या तोड़ देता है और हम सब लोग तमाशा देखते रहते हैं या हँसते रहते हैं। कुछ कह नहीं सकते, न डाँट सकते, न मार सकते...क्योंकि तब वह हमारे छोटे भाई से हटकर मौसा जी का बेटा हो जाता है...

"मम्मी, पैसे कहाँ से आएँगे?" हाँ, यह सवाल अब मैं पूछ सकती हूँ। इतनी बड़ी तो हो गई हूँ। जब सारी बातों में मुझसे समझदारी की, बड़े होने की, समझदार होने की...सहन करने की उम्मीद की जाती है तो...घर के निर्णय लेने वाली बातों में मेरी वही भूमिका क्यों नहीं होनी चाहिए? आठवीं कक्षा में पढ़ती हूँ—जब इस घर में झगड़े होते थे, टेंशन होती थी, तब हम लोग ही तो सहते थे...तो फिर सारी बातों पर बात करना मेरा हक बनता है, लेकिन मैं जानती हूँ, मम्मी टालने की, घुमाने की कोशिश करेंगी। यहाँ आकर वह मेरी माँ कम घर की बड़ी-बूढ़ी औरत ज्यादा हो जाती हैं। एक दीवार-सी खड़ी कर देती हैं। अभेद्य दीवार। जिसके पीछे संबंधों का एक पूरा संसार होता है...रिवाज होते हैं। करने और निभाने की विवशताएँ होती हैं—ये सब दुनियादारी और समाज में रहने के

कारण निभाने पड़ते हैं–का लिजलिजा एकांगी तर्क देकर हमें पीछे धकेल दिया जाता है···और तर्क भी कैसा कि मैं छोटी हूँ। मुझे इन सब बातों में न पड़कर अपनी पढ़ाई और कैरियर पर ध्यान देना चाहिए···फिर वे अपनी छोटी बहन के पक्ष में खड़ी एक औरत बन जाती हैं और मैं···एक एडजेस्ट न करने वाली खामोश लड़की।

छोटे, मोटे-मोटे खूँखार शेर जैसे लड़के जो मेरे भाई ही हैं। आते ही उन्होंने तूफान खड़ा कर दिया। सारा सामान बिखरा दिया। सफर में बचा खाने का सामान ···जूते-मोजे··· । सब उनके पीछे दौड़ रहे हैं; मनुहार कर रहे हैं और वे हैं कि नखरे दिखा रहे हैं। नहीं खाना। नहीं पीना। नहीं बदलने कपड़े। हर बात में पापा का भय या पापा की ओट लेकर उनकी इच्छाएँ पूरी करने की कोशिश। मैं तमाशा देख रही हूँ···अब मैं उन सबकी नजरों में बड़ी हो चुकी हूँ। समझदार भी! वे नासमझ हैं। छोटे हैं। मेरे पलंग पर जानवरों की तरह उछलते-कूदते हैं। कुश्ती लड़ते हैं। पिछली बार पलंग की प्लाई टूट गई थी। तीन महीने बाद आ पाई थी···इस बार भी तोड़ेंगे···तोड़ें मुझे क्या···! दोनों कभी मेरी चोटी पकड़कर खींचते हैं तो कभी कान छू देते हैं तो कभी गुदगुदी करते हैं। तो कभी मेरी किताबों को खोलकर बैठ जाते हैं तो कभी मेरे रिजल्ट के बारे में पूछते हैं। अच्छा तो मैथ्स में तो मेरे भी नाइंटी आए थे और तुम्हारे! बताओ सोशल में कितने आए थे···नेहा ···पागल···नेहा···गूँगी···नेहा···रट्टू तोता···वे अजीब से चेहरे बनाकर ऐसे चिढ़ाते हुए मेरे चारों तरफ चक्कर लगाते। और इन सबके बीच मैं इधर-उधर उठती-बैठती अपने लिए जगह तलाश रही होती।

"नेहा नहीं बोलती। नानी, नेहा से बोलो मेरे साथ खेले।"

"नेहा···! ओ बेटा नेहा··· ।" अब नानी लगातार चिल्लाएँगी।

"क्या है?" मैं गुस्से से बोलती।

"बेटा, खेल ले भइया के साथ···दो हफ्ते के लिए तो आया है।"

"मुझे पढ़ना है।" मैं टालने की कोशिश करती।

"रात को पढ़ लेना बेटा···जा··· ।"

बेमन से मैं उनके साथ धकिया दी जाती और रात में फिर वही हंगामा–"मैं नानी के साथ सोऊँगा।" बड़ा कहता, नहीं मैं! छोटा–"नहीं मैं! पापा! देखो पापा!" उनके पापा वहीं से चिल्लाते, "क्यों बंटी, क्यों जिद करते हो···चलो, दोनों सो जाना··· ।"

"फिर नेहा, नेहा कहाँ सोएगी?"

"नेहा···तो साल-भर सोती है···।"

"और क्या वह तो कहीं भी सो जाएगी।" फिर सारे पलंगों पर उन सबका कब्जा। छोटा भाई अपने पापा की गोद में बैठा खेल रहा है। बड़े ने कंप्यूटर हथिया लिया है। पलंग पर मौसा जी विराजमान हैं और मौसी उनके बगल में बैठी मुस्करा रही हैं। मम्मी खाना बनाने में लगी हैं···। गप्पें चल रही हैं···बीच में बड़ा आ धमका तो छोटे ने धक्का मार दिया—"मेरे पापा हैं···"

"चलो हटो···देखो, नेहा कैसी शांत रहती है···इतने बड़े हो गए हो फिर भी पापा-पापा···की रट लगाए रहते हो···जाओ, नेहा के साथ खेलो," मौसी ने बड़े को धक्का देकर कहा।

"मम्मी, नेहा के पापा ने नेहा को छोड़ दिया है क्या?"

कमरे में सन्नाटा छा जाता है। सब एक-दूसरे का चेहरा देखने लगते हैं, फिर मेरा। मैं किताब में अपनी आँखें गड़ा देती हूँ।

"नेहा के भी पापा हैं!" मौसा मेरे सिर पर सहानुभूति से हाथ फेरते हुए कहते हैं।

"नहीं, आप मेरे पापा नहीं हैं।" मैं जोर से कहना चाहती थी; पर मेरे मुँह से आवाज न निकली! मौसा को बुरा लग जाएगा···।

मेरे पापा! पापा को तो याद भी न होगा कि उनकी एक बेटी भी है। एक बेटा है···पत्नी तो तलाक के बाद भूतपूर्व हो गई, पर उनकी औलाद! वे नहीं हैं हमारे साथ! हमारे जीवन में। हमारे घर में। फिर भी उनका नाम क्यों है! हमारे नाम के पीछे! हमारी मार्कशीट पर। हमारे हर फॉर्म पर! उनकी यादें क्यों हैं···नानी कहती हैं, उनका खून है हमारे भीतर। मैं अचानक ही एक दीन-हीन अनाथ बच्ची की तरह सबकी नजरों में हो गई···जो मैं नहीं होना चाहती। मैं नहीं चाहती कि कोई बार-बार हमें उन बातों की याद दिलाए। उनका नाम ही हमारे लिए दीनता का प्रतीक बन जाता है···। मम्मी को भी हर कदम पर सँभल-सँभलकर काम करना पड़ता है···। हर कदम पर उनके भीतर-बाहर यह डर बैठा रहता है कि कोई यह लानत न भेज दे कि इसीलिए तो तलाक हो गया···इसीलिए तो नहीं पटी और भइया···भइया को तो किसी बात से मतलब नहीं। उसकी फरमाइशें पूरी होनी चाहिए···मोटरसाइकिल, कंप्यूटर···अच्छे कपड़े···मोबाइल—दोस्तों के साथ घूमना और···इच्छा पूरी न होने पर खरी-खरी बातें सुना देना···कई बार तो लगता है, जैसे···उसके भीतर से पापा बोल रहे हों···छोटे पापा···! गंदे पापा।

30/10/2004 **प्रातःकाल**

सब पिकनिक पर जाने के लिए तैयार हो रहे थे। सुबह से नाश्ता बनाया गया। भजिया-पकौड़े। हलुआ। पानी के फ्लास्क। कॉफी। बिस्किट। फल। गेंदें। कैरम। मौसा जी का मूड अच्छा बना रहे, इसलिए पिछले दस दिनों से हर बात में उनकी हाँ में हाँ मिलाई जा रही है···हम लोग रोबोट की तरह सिर हिला देते हैं या काम करते रहते हैं या बचाव करते रहते हैं। मम्मी, तुम नहीं जाओगी? क्यों! घर में कौन रहेगा? नानी! नहीं बेटा, मैं नहीं जा पाऊँगी, मुझे बहुत काम है। काम तो हमेशा लगा रहता है। मैं करती हूँ। 'तुम जाओ, मेरी नेहा रानी!' मम्मी मुझे चूमकर कहती है···आज कई दिनों बाद उन्होंने मुझे इस तरह प्यार किया तो लगा···हाँ, यही मेरी मम्मी हैं। उनमें मम्मीपन है। पर मुझे अंदर से अच्छा नहीं लग रहा था। सारी तैयारी मम्मी की और मम्मी ही नहीं जाएँगी···कई बार तो मुझे रोना आ जाता है। एक अकेली औरत···और इतने खर्च! इतनी जिम्मेदारियाँ। "सबके साथ खूब इंज्वॉय करना। देख बेटा, ये लोग साल में एक बार तो आते हैं···बस, कुछ दिन की बात और है।" मम्मी फिर उनका पक्ष रखती हैं—"वरना कहेंगे कि—नेहा को सबके साथ खुशी नहीं मिलती। नेहा एडजस्ट करना नहीं जानती है।" "प्लीज मम्मी चलो न!" पर मम्मी को नहीं जाना था तो नहीं गई। शायद उन सबके बीच नहीं रहना चाहती होंगी···।

वे सब कार में धमा-चौकड़ी मचा रहे हैं। छोटा पापा के कंधों पर झूम रहा है तो बड़ा उसको यहाँ-वहाँ छूकर चिढ़ा-धमका रहा है। थोड़ी दूर जाने के बाद मौसा जी ने कैसेट लगा दिया···मौसी ने गुनगुनाना शुरू कर दिया···फिर मौसा भी गुनगुनाते हैं···दोनों किसी बात पर धीरे-धीरे मजाक कर रहे हैं···और मौसी जोर से खिलखिला पड़ती है···मौसी पैकेट खोलकर चिप्स निकालकर मौसा जी को खिलाती हैं···मौसा उनकी उँगली दबा लेते हैं···फिर मौसी बिस्किट निकालकर छोटू को देती है। बड़े को, भइया को, फिर पूछती है।

"नेहा, तू खाएगी?···" ऊँ···मैं चौंकती हूँ—मेरी आँखों के सामने मेरी मम्मी का चेहरा आकर खड़ा हो गया। हमेशा चिंतित! हमेशा भागी-भागी! ऑफिस से लौटती खामोश, थकी, पस्त। छह साल तक रात-दिन पढ़ती रही···एक जिद कि ऑफिसर ग्रेड में आना है—बच्चों की पढ़ाई, उनका लिविंग स्टेटस बढ़ाना है···कुछ बनाना है···लेकिन···नहीं हो सका वह सब। हमारा सपना अधूरा रह गया···इस समय मम्मी क्या कर रही होंगी···घर की सफाई···वाशिंग मशीन में कपड़े···फिर शाम की तैयारी···!

मेरी मम्मी का वो चेहरा…जिसे मैं कभी नहीं भूल पाऊँगी…जिस पर पापा के लंबे-चौड़े थप्पड़ पड़ रहे थे…हम सब गिड़गिड़ा रहे थे—नहीं पापा, नहीं-नहीं पापा…तूने कहा तो कैसे—तूने लात मारी हरामजादी! यहाँ साइन कर…। इन कागजों पर साइन कर। अपने भाइयों की धौंस बताती है, क्या करेंगे तेरे भाई! कभी उनका बहाना नानी होती तो कभी ऑफिस, तो कभी भइया, तो कभी टुच्ची-सी बातें! हम थर-थर काँपते…रोते-बिलखते…दो-चार दिन यूँ ही चलता, फिर सब सामान्य होने लगता…। पापा खुद की खूबसूरती के लिए पैसे खर्च करते। मम्मी से पाई-पाई का हिसाब! हम लोगों ने जाना…क्योंकि अब हम जानने लायक हो गए थे। क्योंकि अब हम मम्मी की तकलीफों को महसूस करने लगे थे…कि पापा का किसी औरत से संबंध है और पापा मम्मी के प्रति किसी प्रकार का प्रेम नहीं रखते, न रिस्पेक्ट। उन्हें तो बहाना चाहिए होता था…हर वक्त मम्मी को जलील करने का। गालियाँ देने का। हमने कल्पना भी नहीं की थी कि 'पापा' नाम के व्यक्ति से प्यार-दुलार भी पाया जाता है। हमें…धीरे-धीरे भय ने घेर लिया था। हालाँकि पापा मुझे चाहने का पूरा प्रयास मम्मी और भैया को दिखाने के लिए करते थे। मेरे लिए मेरी पसंद की आइसक्रीम लाते थे। खुद तैयार करते थे, लेकिन यह कोई प्यार था…मुझे प्यार और मम्मी को दुत्कार।

फिर…उस रात…। उफ! नहीं, मैं याद नहीं करना चाहती हूँ…मैं कार के बाहर देखने लगती हूँ। हरे-भरे पेड़, लंबी सड़क! आसपास बिछा हरा कालीन। लेकिन यह क्या। उस रात! उस रात मम्मी भी क्रोध में थीं…शायद किसी तूफान से घिरी। उन्होंने पापा का हाथ पकड़ लिया था। 'बस, अब और नहीं। रहना है तो रहो, वरना नहीं…।' 'क्या कहा'…पापा ने उनके बाल पकड़े, घसीटा, पटका और मारा। 'तू निकालेगी मुझे…' चूड़ियाँ चुभने के कारण…खून की धार बह रही थी…आस-पड़ोस के लोग बाहर आ गए थे…'श्रीवास्तव साहब, यह छिनाल है। चरित्रहीन है। मुझे यहाँ से निकल जाने को कह रही है। मेरे जाने के बाद यह मुहल्ला चकलाघर बन जाएगा। आपकी बहू-बेटियाँ शरीफ हैं…इसके आशिक आएँगे…' हम लोग मम्मी को बचाने के लिए पिट रहे थे। धक्का खा रहे थे…वो मेरा पापा नहीं, एक जल्लाद आदमी था। झूठा! चरित्रहीन! माँ के पैसों का लालची आदमी। तब एक दिन बहस बढ़ जाने पर मामा ने उन्हें थप्पड़ मारा था…फिर पुलिस थाने जाकर रिपोर्ट लिखवाई…महिला पुलिस आई थी। हमारे घर में जैसे कोहराम मच गया था और…हम मुहल्ले में मुँह दिखाने लायक नहीं रह गए थे। रात-भर जागते हुए हम लोग मम्मी को घेरकर बैठे थे…वह फोन पर धमकियाँ देते।

कभी रात में कोई जीप तेजी से निकलती तो कभी-कभी पत्थर फेंका जाता, तो कभी ब्लैंक कॉल्स आतीं···लगातार···होती इन घटनाओं ने हमारा चैन छीन लिया था···न खाना, न सोना, न बात करना, बस, किस्से भय दूर करने के लिए चलते रहते थे···स्तब्ध से···एक जगह हम सब बैठे रहते!

स्कूल से जब तक हम लोग आ न जाते, मम्मी दरवाजे पर खड़ी रहतीं···

"नेहा! बेटा कहाँ खो गई तू।" मौसी ने टोका।

"इसका स्वभाव कैसा हो गया है। गुमसुम रहती है। न बच्चों के साथ खेलती है, न बड़ों से बात करती है।"

"समझा करो यार···।"

"सबसे मिलजुलकर रहना चाहिए।" वे दोनों मेरे बारे में बातें कर रहे थे···।

"बोर हो गई? आ जा, इधर आ जा।"

मैं खिसककर मौसी के पास जा बैठती हूँ। मैं भी चाहती हूँ खूब जोर-जोर से हँसूँ-चीखूँ···मस्ती करूँ···लेकिन मेरा मन नहीं करता। मेरा मन बार-बार मम्मी के पास लौटता है। पिकनिक स्पॉट पर जाकर हम लोगों ने सामान उतारा। एक अच्छा-सा स्थान चुनकर चादर बिछाई। सामान जमाया। छोटू बॉल से खेल रहा था। बड़ा और भइया क्रिकेट खेलने में लग गए। मौसा जी एक हाथ पर सिर टिकाकर लेट गए हैं तो मौसी ने भी पाँव पसार लिए हैं···। रिकॉर्डप्लेयर पर गीत चल रहा है···।

नदी का किनारा था।

"नेहा, तू भी खेल, जा···। थोड़ी देर से खाना खाएँगे।"

मैं उन सबसे दूर डरते-डरते नदी की तरफ आ गई···मन किया पाँव डालकर बैठ जाऊँ, पर नहीं, मम्मी को मेरी चिंता होगी। वह मुझे लेकर सपने देखती हैं। मुझसे बातें करती हैं और पापा···अदालत ने तय तो यह किया था कि वे चाहें तो बच्चों से महीने में दो बार मिल सकते हैं पर···वे कभी नहीं आए मिलने···न उन्होंने फोन पर बात की···कैसे धीरे-धीरे एक-एक सामान उनका समेटकर भिजवा दिया करते थे···जो पापा रात-दिन इस घर में रहा करते थे···एक विवाहित औरत से नाजायज संबंध के कारण···अब घर की दीवार के भीतर कदम नहीं रख सकते थे···आखिर में उनका सूटकेस भिजवाया गया था। मन करता था कभी पूछूँ—हमारी क्या गलती थी। बताओ, क्या गलती थी? क्या यही कि हम लोगों ने कभी प्रतिरोध नहीं किया? कभी टोका नहीं। कभी पूछा नहीं। कभी अपना अधिकार

नहीं जताया। कभी आपका अपमान नहीं किया। कभी जिद नहीं की···।

बहुत सारे लोगों का झुंड अचानक आ गया था। मस्ती करते हुए वे नदी के किनारे बैठकर हँसी-मजाक कर रहे थे। पानी में पेड़ों तथा पत्तियों की परछाइयाँ पड़ रही थीं। कुछ बतखें आ गई थीं···"पापा···पापा···कोई बच्चा चिल्ला रहा था ···ऊपर आओ, मम्मी बुला रही है···"

फिर पापा ने कभी पलटकर हम लोगों की तरफ नहीं देखा···वह तो तरह-तरह की बातें फैलाकर मम्मी को बदनाम कर रहे थे···उसकी हिम्मत को लगातार तोड़ना चाहते थे।

"बच्चों के भरण-पोषण के लिए क्या चाहिए?" वकील ने पूछा था।

"कुछ भी नहीं। मैं अपने बच्चों को खुद पाल-पोस सकती हूँ।"

"सोच लीजिए, भावुकता में आकर निर्णय मत लीजिए। बच्चों के जीवन और शिक्षा का सवाल है।"

"नहीं चाहिए। बस, मुझे इस आदमी से छुटकारा दिलवा दीजिए। मैं उसका चेहरा भी नहीं देखना चाहती हूँ।"

एक साल में फैसला हो गया था। तलाक। मेरी मम्मी तलाकशुदा औरत बन गई थी। हम दोनों को मम्मी के साथ रहने का कानूनन अधिकार प्राप्त हो गया था, लेकिन बालिग होने तक। उसके बाद हमारी अपनी स्वतंत्र सोच होगी।

पता नहीं क्यों···तलाक से पहले सभी एक बात मम्मी से पूछते थे—"फैसला लेने से पहले सारी बातों के बारे में सोच लेना। बच्चों से बात कर लो। क्या अकेले जी सकोगी? बच्चों का खर्च उठा सकोगी। हम लोगों का कोई दबाव नहीं है। कल के दिन बच्चे बड़े हो जाएँगे, वे सवाल-जवाब करेंगे···तब!" लेकिन मम्मी अपने फैसले पर दृढ़ थीं। हमारा चेहरा देखती हुईं। उनके मन में भय रहा होगा कि कहीं हम लोग उनका साथ तो नहीं छोड़ देंगे···।

"नेहा···नेहा···यहाँ बैठी हो। हम कब से बुला रहे हैं। बताकर तो आना था। क्या हमारे साथ तुम्हें अच्छा नहीं लग रहा है···।"

मैंने अपने आँसू पोंछकर मौसी से 'सॉरी' कहा था।

30/10/2004 **रात्रि 2.00 बजे**

हम घर लौट आए थे···दिन-भर की मस्ती से भरे वे सब बिस्तर में दुबक गए थे···

"दीदी, ये हँसती ही नहीं है। बोलती नहीं है। पता ही नहीं चलता कि इसके

मन में क्या है? अभी से ये हाल है।" मौसी मम्मी को मेरे बारे में बता रही थी, "बिना बताए नदी के किनारे जाकर बैठ गई। हमारे तो प्राण सूख गए। चारों तरफ ढूँढ़ते फिरे। थोड़ा एडजस्ट तो करना चाहिए था। ज्यादा गंभीर रहेगी तो क्या होगा। सबसे अलग-थलग हो जाएगी। बच्चों को बच्चों की तरह रहना चाहिए। पूरे समय हमारे दिमाग में यही लगता रहा कि पता नहीं क्या बात है···?"

मम्मी कुछ-कुछ बोल रही थी··पर स्पष्ट भी नहीं बोल रही थी···। काम निपटाने के बाद वे मेरे पास आईं–"मेरी गुड़िया! क्या बात है? किसी ने कुछ कह दिया? नहीं, फिर··फिर क्या बात है बेटा··मैं जानती हूँ, तू सबके बीच फिट नहीं हो पाती··अगर हम इस तरह रहेंगे तो सबसे अलग-थलग हो जाएँगे।"

"मम्मी, आप हँसती क्यों नहीं हैं?"

"क्या कह रही है पगली? हँसती तो हूँ।"

"नहीं हँसती!"

"कोई बिना हँसे रह सकता है?"

"मम्मी, तुम भी इसी तरह हँसा करो··उनकी तरह, मौसी की तरह···।" कहकर मैं फफककर रो पड़ी। मम्मी ने मुझे छाती से लगा लिया··हम दोनों तब दरवाजा बंद करके एक-दूसरे के गले लगे रहे··मैं नहीं चाहती थी कि कोई मेरी मम्मी को रोता हुआ देखे··मैं जानती हूँ, मेरी मम्मी की हँसी मेरे ही पापा ने छीन ली है।··मैं चाहती हूँ कि मेरी मम्मी को भी कोई आदमी अपने हाथों से खाना खिलाए··उनके साथ मजाक करे··क्या ऐसा हो सकेगा···? सारा घर सो रहा है··पर मेरी आँखों में नींद नहीं है··बरामदे में सोती नानी। एक कमरे में सोते हम तीनों। एक में वे चारों। मैंने अपना होमवर्क पूरा किया··और चुपके से जाकर मम्मी का माथा चूम लिया।

31/11/2004

कल मौसा-मौसी लौट गए। ठीक उनतीस दिन बाद! शोर-शोर! चीख-चिल्लाहट। उछल-कूद! दिन-भर खाना और गप्पें लगाना! एक पल के लिए शांति नहीं। कभी मौसा अपने परिवार के साथ घूमने जाते तो कभी पिक्चर तो कभी शॉपिंग के लिए। कभी अपनी बातें करते तो कभी परिवार की, कभी मम्मी के जीवन पर तीखी टिप्पणी कर देते तो कभी नानी को सुझाव देने लगते तो कभी भइया को संस्कारों की घुट्टी पिलाते। पता नहीं ऐसा जानबूझकर किया गया या इत्तफाक ही था··बातें इकट्ठी हो रही थीं···।

"बच्चों से मिलने देना था···कल विवाह के समय समाज पूछेगा तब!" यह बात वह कई बार कह चुके थे।

वह ताना मारते, "हमने सुना है तलाक के बाद आप शिरडी गई थीं। क्या मानता माँगी थी? क्यों संध्या, क्या तुमने भी कोई मानता माँग रखी है, पति से छुटकारा पाने की?" मम्मी फिर भी चुप रहतीं या हँसकर टाल जातीं। परसों बस इतनी-सी बात हुई थी कि वे सब खाना खाकर आ गए थे और मम्मी ने बनाकर रख लिया था।

"मुझे बता दिया होता···।" बात मौसी से कही थी, लेकिन जवाब मौसा ने दिया, "हर काम आपसे पूछकर करेंगे। आपके घर में आए हैं, तो आपकी ही मरजी चलेगी···। क्या हो गया खाना बन गया था तो···इतना खाना तो हम गायों को खिला देते हैं···।"

मम्मी स्तब्ध! लाल होता चेहरा! आँखों में उमड़ते आँसू! टप-टप टपकते आँसू···।

"वो तो दीदी, बस मूड हो गया था। घूमते-घूमते बच्चे जिद करने लगे थे।" मौसी सफाई देने लगी।

"इतने दिनों से आपके हाल देख रहे हैं। हम बच्चों की जिद के कारण आते हैं वरना···वरना···।"

"मेरी मम्मी से एक शब्द भी नहीं बोलना।" मैं दौड़कर गई थी···और जोर से बोली थी।

"बदतमीज लड़की! मौसा जी को जवाब देती है।" मौसी ने तड़ाक से एक चाँटा मेरे मुँह पर मार दिया···।

"नेहा!···नहीं···सॉरी बोल···।"

"बहुत अहंकार है आपको! इतनी जबान चलाती है कि···उसने सही किया जो छोड़ दिया···कौन आदमी रह सकता है आपके साथ···।"

"मौसा जी···।"

"नेहा···तू जा बेटा···।" मम्मी मुझे धक्का दे रही थीं।

"अब और इंसल्ट नहीं मम्मी।" मैंने मम्मी का हाथ खींचा था···।

घर में सन्नाटा छा गया था। सब चुप थे। नानी मौसी को धीरे-धीरे कुछ समझा रही थीं। मम्मी दूसरे कमरे में थीं। हम सब अब तक डरते ही रहते थे। सुनते रहते थे। कभी पापा की, कभी बुआओं की, कभी मुहल्ले वालों की, कभी मौसा-मौसी की···।

"नेहा!"

"मम्मी, अब मैं बड़ी हो गई हूँ···आपके ही शब्दों में, समझदार भी। हमने कोई गुनाह नहीं किया।"

"हुँऊँ! इतनी बड़ी! इतनी समझदार!"

"इतना भी मत सुनो। इतना भी सहन मत करो मम्मी, कि बाद में आत्मग्लानि हो, कि हमने क्यों सुना था, क्यों सहा था···डरना नहीं मम्मी।"

"अब सॉरी, आप नहीं···मौसा जी बोलेंगे।" और सचमुच इस बार पहली बार मम्मी ने किसी बात का बोझ अपने दिल-दिमाग पर नहीं लिया था···न उन लोगों के सामने सॉरी बोला था। विदा करते वक्त उनके चेहरे पर ग्लानि का नहीं, आत्मसम्मान का भाव था।

मोर्चा

"काम हो जाएगा?"

"कोशिश करते हैं।"

"यादव जेल में पड़ा सड़ रहा है। उसे जल्दी से जल्दी बाहर निकालना है।"

"अपने हाथ में है क्या?"

"तो किसके हाथ में है?"

"उनको मारते समय नहीं सोचा था कि क्या होगा?" विपिन ने तैश में आकर कहा। वह पिछले एक महीने से वकील-डॉक्टर, कोर्ट और थाने के चक्कर लगा-लगाकर बेजार हो चुका था। उसका अपना काम ठप्प हो गया था। खेती-बाड़ी, दुकान-घर-परिवार···सब कुछ भूलकर वह इसी केस में लगा था।

"शहर जाना होगा। पहचान का विश्वसनीय डॉक्टर पकड़ना होगा। चोटें गंभीर हुईं तो हम भी कुछ नहीं कर पाएँगे। धारा 307 तो 302 से भी खतरनाक होती है। 302 में तो कोई सबूत चश्मदीद गवाह होना जरूरी है। जानते हो उसको कितनी गहरी चोटें लगी हैं। 20 साल की सजा काटनी पड़ेगी। जब समझाते थे, तब मानते नहीं थे।"

"भइया, क्या मालूम था कि स्साली बच जाएगी।"

"तो अब भुगतो।" सरपंच विपिन ने सिर पर कपड़ा लपेटते हुए कहा। युवा सरपंच, जो बुद्धि से विलक्षण था, काम में चतुर था। व्यवहार में टेढ़ा था और वाक्-चातुर्य में कलाकार था, इसलिए इतनी कम उम्र में उसने अपना रुतबा जमा लिया था। विधायकों, मंत्रियों, सांसदों को जो व्यक्ति जितना पटा लेता है या उनके नजदीक माना जाता है, गाँव के लोग उसे उतना ही सिर पर बैठाकर पूछते हैं, चापलूसी करते हैं।

चूँकि विपिन बी०ए० पास था। शहर में लगातार आता-जाता रहता था। एक राष्ट्रीय अखबार की एजेंसी उसने ले रखी थी। लोगों के छोटे-मोटे काम करवाकर वह अपने लिए राजनीतिक जमीन तैयार कर रहा था। एक ऐसी पुख्ता जमीन, जिस पर खड़े होकर वह अपना राजनीतिक भविष्य बना सके। उसने

बचपन से ही स्थानीय नेताओं, वहाँ से चुने गए सांसद, प्रभारी, मंत्री तथा अफसरों के रौब-रुतबे देखे थे। शक्ति देखी थी। शक्ति का चमत्कारिक प्रभाव देखा था और छोटे-मोटे कहे जाने वाले लोगों की श्रद्धा तथा भक्ति-भावना देखी थी, इसलिए वह अपने संबंधों को साधकर सँभालकर विश्वास के तराजू पर तौलकर चलता था, अपने लिए बनाई गई 'विश्वसनीय व्यक्ति' की छवि पर राई-रत्ती आँच नहीं आने देता था और फिलहाल उसका इस छोटी-सी राजनीतिक पटरी पर चलने का संबल था, क्षेत्रीय विधायक जिसके निकट भविष्य में मंत्री बनने की पूरी संभावना थी··· । विधायक की उँगली के इशारे पर वह चलने क्या, नाचने के लिए तैयार रहता था।

विधायक जी पर उसे पूरा भरोसा था। विपिन ने अब तक सारा काम खुद ही सँभाला हुआ था···लेकिन बात अब अधर में लटकी···इसलिए शहर में रहने वाले चाचा की याद हो आई। चाचा से उसकी खूब बनती थी। घर के मसलों से लेकर दिल की बातें तक वह चाचा के साथ बाँटता रहा था।

इसलिए इस गंभीर मसले पर भी वह चाचा की सलाह लेना चाहता था। विपिन जानता था कि अगर यह समस्या सुलझ गई तो एक तगड़ी पैसे वाली पार्टी उसके हाथ में आ जाएगी। पैसा मिलेगा सो अलग। विधायक के लिए या जिला पंचायत के अध्यक्ष के लिए या जनपद अध्यक्ष के लिए चुनाव में वह पैसा काम आएगा। सपनों का सतरंगी संसार उसके मन-मस्तिष्क पर छाने लगा था। वह स्वयं महसूस करने लगा था कि उसकी चाल में, उसके हाव-भाव में उसकी बातचीत में एक भावी नेता अँगड़ाई ले रहा है।

"चाचा, एक केस है। अच्छी खासी कमाई हो जाएगी। राम यादव ने एक हरिजन की इतनी कुटाई कर दी थी कि वह मर गया। ऐसा लफड़ा फँसा है कि···"

"तुम तो ऐसे बता रहे हो, जैसे आदमी नहीं चींटी मर गई हो।"

"चाचा, गाँव देहातों में ऐसे केस होते ही रहते हैं। पहले ऐसी बातों से दिमाग खराब हो जाता था। खून देखकर उल्टियाँ आने लगती थीं··· । हाथ-पाँव काँपने लगते थे, लेकिन अब तो आदत में आ गया है यह सब। अब तो कितनी भी बड़ी घटना क्यों न घट जाए, कुछ असर ही नहीं होता।"

"उसकी मौत की वजह ?"

"वही जमीन का विवाद। इन लोगों ने जिस खेत पर कब्जा कर रखा था, वह सुखिया का था। जब फसल काटने का समय आया तो कहा-सुनी हो गई। उसने

भी जमकर विरोध किया। शिकायतें डालीं। थाने गया! पर चाचा, आज भी पइसा बोलता है। सुखिया की कौन सुनने वाला। राम यादव ठहरे गँवार! लट्ठ उठाया और सिर पर दे मारा! एकाध नहीं पंद्रह-बीस ठोंक दिए। कपाल खुल गया था। अधमरा तो वह वहीं हो गया था। पहले प्राथमिक स्वास्थ्य केंद्र (प्राइमरी हेल्थ सेंटर) पर ले गए···वहाँ केस की गंभीरता को देखते हुए डॉक्टर ने जिला अस्पताल भेज दिया···खून काफी बह गया था···हालत बिगड़ती जा रही थी—सो उन्होंने भी मेडिकल कॉलेज के लिए रेफर कर दिया···वहाँ एडमिट करवाया···। साली उसकी औरत भी गंभीर रूप से घायल हो गई थी। अलग-अलग वार्ड में भरती थे···। तीन-चार दिन बाद सुखिया मर गया···पर वह बच गई। तब हल्ला मचा और पुलिस को एक्शन लेना पड़ा···उसका पोस्टमार्टम हुआ था···तब भी मुश्किलें आई थीं···उसका क्रिया-करम करवाया···अब उसकी पत्नी एडमिट है। एकमात्र चश्मदीद गवाह वही है···। राम यादव चाहता है कि···उसकी चोटों को डॉक्टर कमतर दिखाकर जल्दी से छुट्टी कर दे, ताकि उसे समझा-बुझाकर···कुछ ले-देकर मामला निपटाया जा सके।"

"मामला गंभीर ही नहीं पेचीदा भी है। ईमानदारी से यदि न्याय का साथ दिया जाए तो साले को सड़ने दो जेल में। अगर उसकी पत्नी उसके पक्ष में बयान दे दे तो वह बच सकता है अन्यथा···उसे तो सजा होगी ही।"

"चाचा, चाहे जितना पैसा खर्च हो जाए···।"

"देखो, कानून के सामने पैसा भी एक सीमा के बाद काम नहीं आता है। तुम लोग कानून को अपनी कठपुतली बनाना चाहते हो!"

"फिर भी कोई रास्ता तो होगा···। एक से बढ़िया एक वकील किए हैं। फीस कितनी भी लग जाए···और चाचा क्या जज से मिला जा सकता है? आपके रिश्तेदार हैं, क्या वे हमारी मदद करेंगे?"

"बेटा, उनके बँगले पर कोई कदम नहीं रख सकता और ऐसी गलत बात करने गए तो वहीं जेल में डलवा देंगे, समझे।"

चाचा के मुताबिक तो विपिन को कहीं कोई सूत्र पकड़ में नहीं आ रहा था, फिर भी वह तर्क पर तर्क दिए जा रहा था—"चाचा, मैंने अपनी आँखों से देखा है कि जो हत्यारे थे, वे खुले घूम रहे थे···। जो बदमाश थे, पुलिस उनका कुछ नहीं बिगाड़ पा रही थी। और जेल से सबूत न मिलने के कारण छूट चुके थे···।"

"मगर सुखिया···सुखिया की आत्मा क्या कहेगी?" चाचा ने उससे पूछा। विपिन की आँखों के सामने सारा दृश्य घूम गया। बीच खेत में चारों तरफ फैला

खून…जो मिट्टी में सोखता जा रहा था। खुले होंठ…टूटा जबड़ा…सफेद पड़ती आँखें। काले शरीर पर नीली चोटों के निशान…रक्तिम रेखाएँ…। तीन दिन तक कैसा तड़पता रहा था। पहले यहाँ…फिर जिला अस्पताल में और फिर बड़े हॉस्पिटल में उसकी मृत्यु…। मृत्यु के बाद ही तो हंगामा खड़ा हुआ था…इतना होने के बाद भी क्या सुखिया के साथ अन्याय नहीं होगा! विपिन ने जब भी जिस काम के लिए सुखिया को बुलाया वह तुरंत हाजिर हो जाता था…और उसी सुखिया के साथ विपिन क्या करने जा रहा है…? उसकी मौत को झूठा साबित करना चाहता है। वहाँ घायल पड़ी उसकी बेसहारा पत्नी! दो अनाथ बच्चे!

विपिन का मन…थोड़े समय के लिए भावुक हो उठा…। लेकिन क्षणों बाद ही उसने अपनी भावुकता की केंचुली उतार फेंकी और अपने भविष्य की टेढ़ी-मेढ़ी पगडंडी को सीधा करने का विचार बना लिया। उसे इन छोटी-मोटी भावुक बातों से बचना होगा।

जब विपिन चाचा को लेकर पहुँचा तो अस्थि रोग विभाग के जनरल वार्ड में डॉ० श्रीवास्तव की यूनिट में उस महिला तक पहुँचने में समय नहीं लगा। एक भयावह सफेद संसार जहाँ अंग-भंग हुए मनुष्यों की पीड़ा से वार्ड गूँज रहा था…। सफेद प्लास्टर में बँधे ऊपर लटके पाँव…हाथ…सिर…सीना उफ…विपिन को मतली-सी आने लगी। दवाओं की गंध चारों तरफ हवा में घुली थी। सामने पड़ी महिला को देखकर चाचा क्षण-भर के लिए स्तब्ध रह गए। जगह-जगह गहरी चोटों के निशान। कई जगह की हड्डियाँ टूट गई थीं। अंदर धँसी आँखें! सफेद दाँत, जो उसके काले होंठों के बीच ज्यादा ही चमक रहे थे…। वह अकेली पड़ी थी। दुबली-पतली काया पलंग से चिपक गई थी। उस रात के दृश्य को याद करके उसे मूर्च्छा आ जाती थी। लट्ठ पड़ते ही कैसे खून का फव्वारा फूटा था…तभी वह अचेत हो गई थी…। बाद में वह भी गंभीर हालत में यहाँ पहुँची थी। उधर पुरुष वार्ड में पड़ा उसका आदमी…बिना कुछ कहे, बिना उससे मिले ही दम तोड़ चुका था और इधर वह जीवन-मृत्यु के बीच झूलती रही थी। क्षण-भर के लिए विपिन के मन में आया कि उलटे पाँव लौट जाए। अपनी शक्ति…सत्ता…तथा पैसे के नशे में चूर उन सबको मिलने दो सजा। पट्टे में मिली जमीन भी छीन ली उन लोगों ने…और यूँ मरने के लिए छोड़ दिया। विपिन ने लाए फल और ब्रेड का पैकेट रैक पर रख दिया और उसके हालचाल पूछे।

"यार विपिन!" चाचा ने उसे बाहर खींचते हुए कहा, "अन्याय का साथ देते हुए कब तक आगे बढ़ोगे और कितना ऊपर जा पाओगे? किसको बचाने की बात

कर रहे हो! जीवन की कीमत सिर्फ नोटों की गड्डियाँ नहीं होती हैं···।"

"अब उसके पास बचा ही क्या है? पैसा तो तुम कहीं से भी कमा लोगे···लेकिन इसका जीवन···?" चाचा अपने दार्शनिक अंदाज में उसे समझाने लगे।

"चाचा! चलो छोड़ भी दो पैसे की बात, पर सुखिया तो मर ही गया है···। इसके बयान देने से उसको सजा हो जाएगी। उसको जमानत मिल जाए। वह इसकी जमीन वापस करने के लिए तैयार है! इतना तो अपन कर सकते हैं···। मरने वाला तो मर ही गया न।"

"पर उसका मैसेज क्या जाएगा कि तुमने किसका साथ दिया? एक हत्यारे का?"

"सोच लो। मेरी आत्मा तो गवारा नहीं कर रही है।"

"यहाँ आत्मा और सत्य की बात नहीं है चाचा, मेरी सामर्थ्य की परीक्षा है।"

"अधर्मियों का साथ देना क्या ठीक रहेगा? यह काम करवाना क्या तुम्हारी विवशता है या कोरी शान दिखाना।" आपस में बात करते हुए वे दोनों लौट आए। पर विपिन के पाँव पीछे लौट रहे थे! मोबाइल पर श्याम यादव के संदेश पर संदेश आ रहे थे। राम यादव को बचाने के सारे उपाय किए गए थे, यहाँ तक कि डॉक्टर को कहलवाकर केस को सिर्फ सिर पर घातक चोट का बनाया गया था। राम यादव द्वारा जानलेवा हमला! और एम०एल०सी० का हो जाना। कमबख्त यहाँ लाते-लाते वह मर गया···और उसका मरना ही सबके गले की जंजीर बन गया था। कुछ दिन और जिंदा बना रहता तो यह नौबत ही न आती···। विपिन झुँझलाते हुए कह रहा था।

तीसरे दिन की शाम!

बहुत माथापच्ची के बाद मामला पचास हजार में तय हुआ। हालाँकि ऐसे केसों में लोग एक लाख रुपए तक खर्च कर देते हैं, क्योंकि 18 वर्षों तक जेल में रहने का मतलब है, पूरे जीवन का अवसान।

दूसरे दिन घायल महिला, जिसका नाम रमली था, को हॉस्पिटल से डिस्चार्ज कर दिया गया। चोटों की गहराई तथा उसकी स्थिति को भी सामान्य बता दिया गया था···जबकि उसे अभी ठीक होने में डेढ़ महीना लग सकता था।

उठने-बैठने में असमर्थ! हड्डियों में दर्द की तेज धारें उठ रही थीं···। घावों पर अंगारे रख दिए हों जैसे! वह हक्का-बक्का रह गई। सबका चेहरा ताकती हुई।

सवाल पूछती हुई। विपिन सारा काम करवा रहा था, पर रमली उससे पूछने की हिम्मत नहीं जुटा पा रही थी। भीड़ में कोई उसकी तरफ देख भी नहीं रहा था। कल तक डॉक्टर कुछ और कह रहे थे और आज कुछ और। पंद्रह-बीस दिन बाद प्लास्टर कटना था···, लेकिन अचानक यह सब हो गया।

"क्यों छुट्टी कर दी?" साथ वाली महिला ने पूछा।

"कहते हैं, घर जाकर आराम करो।"

"तू रो क्यों रही है? हम तो हैं तेरे साथ? इलाज में कोई कसर रहने दी?"

"नहीं," रमली ने भीगी आँखों से कहा।

"फिर किस बात की चिंता?" रमली विपिन से कैसे कहे कि वह अभी वहाँ नहीं जाना चाहती है; इस हालत में···।

घायल! अकेली! बेसहारा! भयभीत! क्या पता वे लोग उसे मरवा न दें···। यहाँ तो लोग उससे बात करना क्या, देखना तक पसंद नहीं करते। इतनी भीड़ में किससे क्या बताए? देखते-देखते उसका जीवन उजड़ गया था। एक तरफ रमली की उजाड़, वीरान, बदसूरत जिंदगी···दूसरी तरफ ताकतवर खूँखार लोग! जिनके बचाव के लिए शक्तिशाली दीवारें खड़ी थीं।

तीसरे दिन किसी तरह रमली विपिन तथा उसके साथियों के सहयोग से गाँव पहुँच गई। उसके प्रति सहानुभूति रखते हुए भी कोई भी उसकी मदद के लिए आगे नहीं आ रहा था।···छिन्न-भिन्न हो गई थीं उसकी आशाएँ; टूट गई थी उसकी देह; मर गया था मन। ऐसे ही दर्दनाक समय में उसने सुना कि राम यादव को जमानत मिलने वाली है। वह छाती पीट रही थी···। रो रही थी···कहाँ जाए? किसके पास! कौन सुनेगा उसकी विपदा। पुलिस से लेकर वकीलों तक को खरीदा जा रहा था···। वह चीख-चीखकर सबके सामने कहना चाहती थी कि उसके पति को पीट-पीटकर अधमरा कर दिया था। यह किसी को दिखाई क्यों नहीं दिया। सबने देखा था उसको तड़पते हुए···समय पर उसे अस्पताल ले जाते तो क्यों मरता वह···! उसको मारने वाला छूट रहा है, रमली को यही बात खाए जा रही थी।

विपिन ने घर में जरूरी सामान लाकर रख दिया था। उसकी चौकस निगाहें रमली पर लगी रहती थीं।

जब वह कुछ सँभली तो उसे याद आई वह महिला नेता जो किसी परिचित को देखने आई थी! पास के पलंग पर पड़ी घायल महिला के हालचाल पूछते-पूछते उस महिला नेता ने उसकी तरफ देखा था। उसका हालचाल पूछा था···! उसी ने बताया था कि हिम्मत सिंह इसी गाँव के हैं। आजकल बड़े पद पर हैं। बड़े दयालु

स्वभाव के हैं। उनके बारे में कहा जाता था कि जब भी कोई गाँव वाला जाता है तो वे उसकी बात जरूर सुनते हैं और इतना ही नहीं वे खुद बात करते हैं। तुझे कोई जरूरत हो तो बताना।

हालाँकि रमली चलने-फिरने में असमर्थ थी। एक हफ्ता ऐसे ही निकल गया था...। बाहर वैसा ही माहौल था पहले की तरह...। उड़ते-उड़ते बातें सुनाई देतीं...। फिर पता चला कि राम यादव को जमानत मिल गई है...।

रमली को लगा वह...एक बार फिर...डंडों से पीटी जा रही है। उसका धैर्य टूटने लगा। जेल से छूटते ही राम यादव उसे फिर मारेगा...उसके बच्चों को भी...। खौफ से काँपती रमली रात-भर सो न सकी। दो दिन ऐसे ही निकल गए। तीसरे दिन करीब चार बजे उठकर चुपचाप स्टेशन की ओर चल दी। एक बार उन बहन जी से मिलने में क्या बुराई है? हालाँकि साथ में कोई नहीं था...। बस, इतना याद था कि अस्पताल पहुँचकर वह उन बहन जी से अपने गाँव के अफसर का पता ले सकती है...।

संयोग से घायल महिला अब भी भरती थी। उसी ने बहन जी का नंबर दिया था...। एस०टी०डी०, पी०सी०ओ० वाले से नंबर लगवाकर उसने बहन जी से बात की। अपनी विपदा सुनाते-सुनाते फोन पर ही रो पड़ी थी रमली।

"तू चली जा...। साहब तुझसे जरूर मिलेंगे...! फिर बताना क्या बात हुई। मैं अभी बाहर जा रही हूँ। फोन कर देती हूँ। पैसे वगैरह की जरूरत तो नहीं है...आज जरूरी मीटिंग है अन्यथा मैं रुक जाती, पर चिंता की कोई बात नहीं!" बहन जी ने उसे समझाते हुए, सांत्वना देते हुए कहा।

हिम्मत सिंह छोटे कद के काले रंग के व्यक्ति थे। पद बड़ा हो, वो भी ताकत वाला तो व्यक्तित्व की अनेक कमियाँ तथा कमजोरियाँ यूँ भी लुक-छुप जाती हैं, फिर जिसके पास शानदार बँगला हो, लाल बत्ती की गाड़ी हो...बाहर कई नौकर-चाकर हों...बड़ा अल्सेशियन कुत्ता हो, वह आदमी तो यूँ भी प्रभावशाली लगेगा ही। अपनी उपस्थिति से ही वह अव्यक्त प्रभाव डाल देता है।

जब वह बँगले पर पहुँची तो दिन का एक बजने वाला था। गाड़ी दरवाजे पर लगी थी। साहब लंच के लिए आए थे। उसकी हालत देखकर चपरासी ने भिखारी समझकर उसे झिड़क दिया...मगर जब उसने गाँव का नाम लिया तो उसे ठहरने के लिए कहा। चपरासी को साहब के गाँव का नाम रट गया था। फिर वह जिस महिला नेता का नाम लेकर आई थी, उसका नाम सुनते ही चपरासी ने साहब से मिलवाने का आश्वासन दे दिया। इतना ही नहीं, उसे पानी के लिए पूछा।

"साब, मेरे आदमी को डंडों से मार-मारकर अधमरा कर दिया था। बाद में वह मर गया और डॉक्टरों ने मुझे पहले ही अस्पताल से छुट्टी दे दी। मेरी हालत देखिए साब।" रमली ने रोते-बिसूरते हुए कहा।

हिम्मत सिंह ने चश्मे के भीतर से गहरी सहानुभूति जताती निगाहों से रमली को देखा। गंभीर मुद्रा बनाकर वह उसकी बातें सुनते रहे। बीच-बीच में मोबाइल बज रहा था। नाम···पता···केस हिस्ट्री नोट करवाई और—'देखते हैं···तुम्हें न्याय मिलेगा···' कहकर उसके हाथ में दो सौ रुपए रखकर निकल गए! उन्हें जरूरी मीटिंग में जाना था।

रमली को विश्वास नहीं हो रहा था कि साहब इतने दयालु हैं। तुरंत मदद करने वाले हैं। साहब की बातों तथा सहानुभूति से उसे विश्वास हो गया कि राम यादव को···दुबारा जेल जरूर हो जाएगी। रमली उनका शानदार बँगला देखकर चकित थी और मन ही मन सोच रही थी कि उन सबको कैसा झटका लगेगा, जब उन्हें पता चलेगा कि रमली का साथ इतना बड़ा अफसर दे रहा है।

शाम तक रमली उनके सुंदर रंग-बिरंगे फूलों तथा पत्तों से सजे बगीचे में फटे चिथड़ों की तरह एक पेड़ के नीचे बैठी रही। ढलती शाम जब साहब बँगले पर लौटे तो उनके साथ दो-तीन साहब और थे···। पीछे फाइलें लिए चपरासी था···। साहब सीधे अंदर चले गए। देर तक बैठक से आवाजें आती रहीं। हँसी-ठहाकों की आवाजें।

इधर रमली का मन घबरा रहा था। साहब ने जरूर बात की होगी···जानने की उत्सुकता बढ़ती जा रही थी। शाम गहराती जा रही थी। हर आहट पर वह चेहरा उठाकर देखती। इधर-उधर जाते चपरासी का पीछा करती उसकी आँखें अपनी उपेक्षा से छलछला उठीं···। जब वह कुछ पूछने को होती तो चपरासी होंठों पर हाथ रखकर उसे खामोश रहने का इशारा करता। साहब से ज्यादा व्यस्त तो उनके चपरासी थे और मिजाज ऐसे कि जैसे वही अफसर हों। कितनी बार पूछ चुके थे कि वह कहाँ जाएगी? कहाँ सोएगी? बहन जी ने कहा था, साहब बहुत अच्छे हैं। फिर वह क्यों चिंता करे। यहीं कहीं सो जाएगी।

डेढ़-दो घंटे बाद साहब दोस्तों को बाहर तक छोड़ने आए। रमली मौका नहीं चूकना चाहती थी···लँगड़ाती···हिलती-डुलती सामने जाकर खड़ी हो गई—"साब!"

"अरे तू। तू गई नहीं? यहाँ क्या कर रही है? ऐसे जल्दी में कोई काम होता है? देखूँगा! बात करूँगा!" उन्होंने हिकारत-भरी दृष्टि से देखते हुए सख्त आवाज में कहा।

"साब!" रमली की देह काँप रही थी। आवाज की थरथराहट बढ़ती जा रही थी।

"यही तो तुम लोगों में खराबी है। एकदम सिर पर सवार हो जाते हो कि हमारे गाँव का साब है तो काम हो ही जाएगा···। मुझे क्या यही एक काम बचा है? ऐसे कामों में समय लगता है।" अब साहब गुस्से में आ गए थे।

रमली को याद आया बहन ने कहा था कि साहब को जल्दी गुस्सा आता है, इसलिए ज्यादा बात मत करना···। जैसा वे कहें हाँ हूँ कर देना बाकी वह सँभाल लेंगी।

रमली हतप्रभ-सी उनका चेहरा देखती रह गई, जो ट्यूब की लाइट में गहरा काला दिखाई दे रहा था। उसके गाँव का···उसकी जाति का, उसके धर्म का यह आदमी यहाँ पहुँचते ही इतना बदल गया···। इसकी बिरादरी अब हमारी बिरादरी से अलग हो गई···यह ऊँचे लोगों से मिलकर हम लोगों को नीच समझता है या काम नहीं करवाना चाहता है।

अपमान की चोट से घायल रमली अपने आँसू न रोक पाई। खड़ी-खड़ी सुबकने लगी। साहब के भीतर जाते ही चपरासी ने प्रश्नभरी निगाहों से उसकी तरफ देखा। इतना दर्द तो तब नहीं हुआ था, जब लगातार उसकी देह पर डंडे पड़ रहे थे, जितना दर्द अब हो रहा था। उन डंडों की मार तो सदियों से पड़ती आ रही थी, लेकिन यह नया-नया दर्द कितना मारक था···जैसे सरेआम किसी गैर ने नहीं, अपनों ने ही नंगा कर दिया हो। कितना विश्वास लेकर आई थी···।

"एक फोन मिला दोगे भइया?" उसने अपने आँसू पोंछते हुए कहा।

"बाहर टेलीफोन बूथ है वहाँ से कर लेना!" चपरासी ने उँगली से रास्ता दिखाते हुए कहा। हाथ में रखे दो सौ रुपए, पसीना तथा आँसू पोंछने के कारण गीले हो गए थे। अस्पताल वाली महिला ने जिस आदमी को भेजा था, वह तभी छोड़कर चला गया था।

मोबाइल पर बहन जी से बात हुई। उन्होंने रुकने को कहा, पर रमली कहाँ रुके? इतना बड़ा शहर। एक भी आदमी पहचान का न था! स्टेशन पर अपार भीड़ थी। धक्का-मुक्की। रात्रि का समय···। आती-जाती ट्रेन! घर पहुँचते-पहुँचते आधी रात हो जाएगी। क्या पता उसके (राम यादव) आदमी मिल जाएँ। पकड़ लें। मार डालें। भय से उसकी देह सिहर गई। भूख के मारे पेट गुड़गुड़ कर रहा था। वहीं से चार पूरी तथा सब्जी ली। जैसे-तैसे रात गुजरती जा रही थी, स्टेशन खाली होता जा रहा था···। कभी वह लेटती तो कभी बैठती, तो कभी बच्चों की याद करके चिंतित होने लगती। पति की याद से···सहम जाती···तो साहब की बातें

देह में सिहरन कर देतीं तो राम यादव का चेहरा···उबकाई से भर देता।

इसी तरह हफ्तों गुजर गए थे। रमली समझ चुकी थी कि उसकी व्यथा कोई सुनने वाला नहीं···। सब झूठे हैं। सेंत-मेंत का नाटक। सब बेईमान हैं। विधायक ···सब इंस्पेक्टर···थानेदार···पार्टी की महिला प्रकोष्ठ की अध्यक्ष···। सरपंच। अध्यक्ष। जहाँ-जहाँ गई, सब कहते, आवेदन दे दो। कागज छोड़ जाओ···मुआवजा दिलवाएँगे···। न्याय जरूर मिलेगा, पर आज तक इन क्षणों तक कोई सिरा उसके हाथ नहीं लगा था···। बीसियों चक्कर लगाते उसकी देह निचुड़ गई थी। मन निराश हो गया था। एक पैसा गाँठ में न था···घर का सामान तक बिकने लगा था···हर व्यक्ति ले-देकर एक ही सलाह देता—'घर में बैठो। मेहनत-मजूरी करो। बच्चों को पालो। तुझे कुछ हो गया तो बच्चे अनाथ हो जाएँगे। ताकतवर गुंडों और पइसा वालों से टकराना तेरे वश का नहीं है···। वे तो छूट गए। तेरी फरियाद का क्या हुआ? बता क्या हुआ?'

लेकिन रमली का मन न मानता···। क्या करे वह? बेपनाह घृणा और क्षोभ से भरा है, उसका मन···। जब-जब भी उन लोगों को देखती है···उसका तन-मन जलने लगता है···। यह सोचकर कि आखिरी बार बहन जी से बात करेगी, उसने कागज पर लिखे नंबर को मिलाया···। उधर से मीठी स्नेह-भरी आवाज सुनकर रमली फफककर रो पड़ी, "तू आ सकती है···बस, एक बार आ जा। हम तेरा साथ देंगे···तू उस दिन के बाद आज फोन कर रही है···उस दिन क्यों नहीं रुकी थी···!" बहन जी अपनत्व से बात कर रही थीं, पर रमली को आजकल किसी की बातों पर विश्वास ही नहीं होता। आश्वासन! फिर आश्वासन! जाए न जाए···के द्वंद्व में फँसी रमली दो दिन तक सोचती रही। नहीं गई तो बहन जी भी डाँटेंगी ···वे भी कहेंगी कि तू बात की कच्ची है···। तेरा मन कच्चा है। अभी तक सबको आजमाया, अब बहन जी को आजमाकर देख लेना चाहिए।

दोपहर में वह बहन जी के भीड़-भरे दरबार में थी।

बहन जी ने आशा के विपरीत उसे गले लगा लिया। उसके कंधे थपथपाए।

"कोई गवाही देगा तेरे पक्ष में?"

"नहीं।"

"एकाध भी नहीं?"

"नहीं।"

"कोई बात नहीं, अपन फिर भी लड़ेंगे।" बहन जी ने उसकी पीठ थपथपाकर कहा।

बहन जी का घर देखकर रमली की आँखें चौंधिया गईं, शानदार बँगला था उनका। दो-तीन नौकर। बाइयाँ। दो-दो कुत्ते। दो लाल बत्ती की गाड़ियाँ खड़ी थीं। एक फोन बंद होता तो दूसरा बजने लगता। खुद बहन जी बहुत स्मार्ट लग रही थीं···कटे घने सुनहरे बाल···। चेहरे पर चमक···। होंठों पर लिपस्टिक। हाथों में सोने की चूड़ियाँ···। आँखों पर चश्मा···हर आने वाला उन्हें नमस्ते कर रहा था ···कई लोग उनके पाँव छू रहे थे तो कई हाथ जोड़े सिर झुकाए खड़े थे। बहन जी के हाथों में कागजों का ढेर था। उन्होंने अभी-अभी नई पार्टी ज्वॉइन की थी। पहले दूसरी पार्टी में थीं। मतभेद रहते इस पार्टी में आ गई थीं। यहाँ वह भीड़ के साथ थीं। उनका अपना व्यक्तित्व अलग से चमकदार पहचान नहीं बना पाया था। यद्यपि किसी भी काम को लेकर अपने स्वभाव के अनुसार वह अतिरिक्त उत्साह दिखाती थी। कुछ हंगामेदार काम करना चाहती थी, जिससे उनका नाम एकदम लाइम लाइट में आ जाए। बड़े-बड़े दिग्गज नेताओं की भीड़ में शामिल चेहरा अपनी अलग और विशिष्ट पहचान बनाने के लिए छटपटा रहा था। वह पहले वाली पार्टी को यह दिखा देना चाहती थी कि उन्होंने एक बड़े जनाधार वाली नेता को खोकर अपने पाँव पर कुल्हाड़ी मारी है।

सारे कागज देखकर बहन जी का मन उत्साह से भर उठा, हालाँकि काम कठिन था। सामने वाली पार्टी सत्ता के करीब मानी जा रही थी और पैसा तो था ही···। यह काम उनके लिए चुनौती बन सकता था। उनकी अपनी ताकत दिखाने का, प्रभाव स्थापित करने का, कार्यकुशलता का, तर्कों द्वारा अपनी बात मनवाने का और तत्काल परिणाम पाने का भी माध्यम बन सकता था। एक संघर्षशील नेत्री के रूप में उनकी छवि स्थापित हो सकती थी।

बहन जी यानी सुलभा ने सारे दस्तावेज तैयार किए···और सबसे पहले राज्य महिला आयोग के सामने रमली को ले जाकर खड़ा कर दिया, फिर पुलिस थाने में, फिर डॉक्टर के सामने···विधायक···प्रभारी मंत्री···विपक्ष की नेता···एक लंबी कतार थी, मिलने वालों से। रमली देख रही थी कि बहन जी उसको अपनी ए०सी० गाड़ी में बगल में बैठाकर ले जाती हैं। बराबरी से बैठाती हैं। अपने साथ खाना खिलाती हैं। सबसे मिलवाती हैं।

"भागेगी तो नहीं?" सुलभा बार-बार पूछती।

अभी तक यही होता आया था कि उन्होंने जिन दो-तीन महिलाओं के केस हाथ में लिए थे, वे ऐन मौके पर आकर भाग खड़ी हुई थीं या उनकी हिम्मत टूट गई थी। उनका सारा किया-धरा प्रयास व्यर्थ चला गया था···।

"देखती हूँ कैसे न्याय नहीं मिलता। एक हरिजन महिला को अकेला जानकर कोई न्याय नहीं दे रहा…! इन सबको तो मैं नंगा करूँगी। कल शाम को प्रेस कॉन्फ्रेंस बुलाते हैं। उसी में बताएँगे कि हत्यारा खुलेआम घूम रहा है और पीड़ित महिला दर-दर की ठोकरें खा रही है। यह है हमारे आजाद देश की न्याय व्यवस्था!" वे जोश में आकर लगातार बोले जा रही थीं।

सुलभा ने कमान सँभाली थी तो हंगामा तो होना ही था…। सुलभा की तारीफ ही यही थी कि वह…जो काम हाथ में लेती थीं, पूरी तरह से उसमें स्वयं को झोंक देती थीं…। उन्होंने प्रेस कॉन्फ्रेंस बुलाकर रमली को पत्रकारों के सामने प्रस्तुत किया। वह अपने हँसमुख चेहरे पर गंभीरता के भाव लाकर पुलिस प्रशासन और सरकार पर सवालिया निशान लगा रही थीं। उनका एक-एक शब्द, वाक्य …नपा-तुला गंभीरता से भरा हुआ था। उच्च शिक्षित सुलभा का यह कदम आने वाले दिनों को सनसनीखेज बनाने वाला था। और उन्होंने घोषणा की कि अगर एक सप्ताह के अंदर…पीड़िता को न्याय नहीं मिला तो हम लोग धरने पर बैठेंगे …विधानसभा में प्रश्न उठवाएँगे…मानव अधिकार आयोग में जाएँगे…रैली निकालेंगे और मुख्यमंत्री तथा राज्यपाल को ज्ञापन देंगे…हमारी एक ही माँग है, हत्यारे को सजा दो और पीड़िता को न्याय, मुआवजा मिलना चाहिए।

सुलभा मीडिया के सामने अपनी बात कहने में पूर्ण सफल रही थीं…। उन्होंने रमली के कान में पीछे से आकर कहा—"तू बोल दे कि यदि हत्यारे को गिरफ्तार नहीं किया तो मैं आत्मदाह कर लूँगी…।"

"आत्मदाह!" रमली चौंकी। उसका चेहरा सफेद पड़ गया। भीतर तक काँप गई वह।

"मरना थोड़ी न है, केवल धमकी देना हैं। ये लोग मोटी चमड़ी के हैं…ऐसे मानेंगे क्या? अपन दिन तय कर लेते हैं कि इतने दिनों के भीतर यदि राम यादव को गिरफ्तार नहीं किया गया तो मैं आत्मदाह कर लूँगी। तू नहीं बोल पा रही है तो मैं तेरी तरफ से बोले देती हूँ।" सुलभा उसके कंधे पर हाथ रखकर धीरे-धीरे समझा रही थीं।

और सुलभा ने देखा दूसरे दिन अखबारों में वही वह छाई थीं। चारों तरफ उनकी चर्चा थी। न्याय दिलवाने की भाषा में वह…स्वयं को…बेहद प्रभावशाली तथा कर्मठ महसूस कर रही थीं…। उनका तीर सही निशाने पर पड़ा था। उनकी राजनीतिक छवि को निश्चय ही फायदा मिला था।

अब रमली को भी यह सब अच्छा लग रहा था…। अच्छा लग रहा था कि

इतनी बड़ी नेता उसका साथ दे रही हैं। उसके लिए लड़ रही हैं···अगर पहले ही बहन जी की बात मान ली होती तो क्या यह सब होता! कैसे बहन जी ने उसके चारों तरफ सुरक्षा का घेरा बनवा दिया है। कैसे वह उसके बच्चों की खोज-खबर लेती रहती है। इन सात-आठ दिनों में उसके बच्चों को स्कूल में दाखिला दिलवाने की बात की है।

रमली मीडिया में थी। रमली अखबारों में थी। रमली को पूछा जा रहा था। रमली को साथ लिए सुलभा···कहाँ-कहाँ नहीं जा रही थीं···। सुलभा की बातों से अच्छे-अच्छे लोगों के मुँह बंद हो जाते थे···। रमली के बहाने सुलभा का नाम हो रहा था। सुलभा के लिए रमली मजबूत सीढ़ी बन चुकी थी···। सुलभा इस सीढ़ी पर बिना गिरे चढ़ना चाहती थी। यदि रमली का केस कामयाब हो गया तो इस वर्ग की महिलाओं का समर्थन उसे प्राप्त हो जाएगा।

उत्तेजना और जोश! जीतने की जिद···बात बनवाने का जुनून···। यह सब सुलभा के साथ-साथ रमली की नसों में इस कदर दौड़ रहा था कि वह उसके बाद के परिणामों के बारे में सोचना ही नहीं चाहती थी···। सुलभा उसे उसकी शक्ति के बारे में, भविष्य के बारे में, हर तरह से समझा रही थीं···अपने साथ राजनीति में आने को प्रोत्साहित कर रही थीं। वह समझा रही थीं कि उसने भी तो उसी गाँव से अपना जीवन शुरू किया था और आज देखो कहाँ पर हैं? वह किसी से डरती नहीं हैं; किसी की परवाह नहीं करती हैं।

"इसलिए देख रमली, तुझे डरना नहीं है···कोई कितना भी धमकाए। लालच दे···कुछ भी करे, पर तुझे अपने कदम पीछे नहीं हटाना है···समझी···। अगर इस बार तू पीछे हट गई तो सोच लेना ये लोग जीवन-भर तुझे परेशान करेंगे और अपनी बदनामी का बदला भी लेंगे···। फिर मैं भी तुम्हारा साथ नहीं दे पाऊँगी। अभी मैंनें जो मुआवजा देने···जमीन वापस करने और राम यादव को गिरफ्तार करने की माँग रखी है, वे तभी पूरी होंगी···जब हम अपनी बात पर हर हाल में डटे रहेंगे। समझ रही है न तू···!" सुलभा की बातों में कहीं डाँट थी तो कहीं आत्मीयता, तो कहीं धमकी की हलकी-सी चिनगारी।

निर्धारित तिथि तक कुछ नहीं हुआ था, जैसा कि अब तक होता आया है···जाँच चल रही थी। गवाह ढूँढ़े जा रहे थे···मुआवजे की राशि तय की जानी थी···पट्टा किसका था, खसरा निकाला जाना था और इधर महिला मोर्चा तैयार था।

महिला मोर्चा तैयार था···कोई भी रिस्क उठाने के लिए। दबाव बनाने के

लिए रिस्क तो उठाना ही पड़ेगा।

रमली को समझाया जा रहा था कि उसे···कितना तेल डालना है···कैसे माचिस की तीली जलानी है···कैसे स्वयं को बचाना है···यह एक खेल है, केवल खेल···स्वयं पर आँच नहीं लगनी चाहिए। काम भी हो जाए और नुकसान भी न हो···। बहुत होशियारी के साथ सब कुछ करना है। रमली मंत्रमुग्ध-सी सारी बातों पर हाँ-हाँ किए जा रही थी।

पर सब कुछ उलटा हो गया। किसी को अपनी आँखों पर विश्वास नहीं हो रहा था···। सबको जैसे होश ही नहीं रहा था। रमली से कहाँ क्या चूक हो गई···। उसका शरीर सत्तर प्रतिशत जल गया था और वह अस्पताल की बर्न यूनिट में जीवन और मौत के बीच संघर्ष कर रही थी···। इधर सुलभा के बयान पर बयान आ रहे थे कि कैसे परेशान, हताश तथा सताए जाने के कारण रमली आत्मदाह करने के लिए मजबूर की गई···।

अंततः राम यादव को पुनः गिरफ्तार कर लिया गया।

सुलभा को अपनी जीत पर बधाइयाँ मिल रही थीं। वह अपने अभियान में सफल हुई थी···। उसकी बाकी माँगें भी मानी जाएँगी···इसके लिए सुलभा को आश्वासन मिल गया था। फाइलें तेजी के साथ चल रही थीं।

इधर सुलभा को बधाइयाँ दी जा रही थीं···और उधर अस्पताल में अधजली पड़ी रमली गिड़गिड़ा रही थी, "बहन जी, मेरे बच्चे! मेरे बच्चों का क्या होगा···!" बहन जी की डाँट उसे याद आ रही थी कि उसने तीली को सामने न फेंककर अपने ऊपर क्यों डाल लिया! अब अपनी मूर्खता का दंड भुगतो। और रमली वही दंड भुगतने के लिए वहाँ पड़ी थी। उसकी जलती लाल आँखों में समंदर लहरा रहा था। हालाँकि अब वहाँ न बहन जी थीं, न कैमरे वाले, न अखबार वाले ···न भीड़ और न महिलाओं का हुजूम···। थे तो उसके मासूम बच्चे, जो असहाय से उसे देख-देख रो पड़ते थे या सहमकर···दूर हट जाते थे। अपनी माँ का यह कुरूप और जला छिछला रूप उन्हें दहशत से भर देता था···। उसने दोनों बच्चों को पास बुलाया और प्यार से बोली, "अब हमें किसी का डर नहीं है बिटवा···। जल्दी ठीक होकर अपने घर वापस चलेंगे।" कहते हुए उसके भीतर जीने की इच्छा और प्रबल हो उठी, बावजूद इसके कि उसकी देह उसके हाथ में नहीं थी···।

सच के आगे का सच

बीते दशक का कोई एक वर्ष। वर्ष का कोई एक महीना। महीने का कोई एक दिन। मसलन शहर में साहित्यिक, सांस्कृतिक, राजनीतिक तथा धार्मिक कार्यक्रम हो रहे थे। उत्सवों तथा मेलों की धूम थी। लोग ऊँचे झूलों से शहर की खूबसूरती को निहारकर आत्मसात् कर रहे थे। शादियों में दान-दहेज के साथ बढ़िया रिसेप्शन दिए जा रहे थे। ऑफिसर्स के परिवार पिकनिक पर जा रहे थे। नेता और उच्च अधिकारी विदेश यात्राएँ, शहर के विकास के नाम पर देखने और सीखने के नाम पर, कर रहे थे। शहर के नामी-गिरामी नर्सिंग होम्स समाज के धनाढ्य व मूल्यवान समझे जाने वाले लोगों की सेवा-सुश्रूषा में व्यस्त थे। सरकारी अस्पतालों में सालाना करोड़ों का बजट समाप्त होने के बावजूद आम आदमी जो स्वाभाविक रूप से बीमार होने के लिए बेबस था—बिना इलाज तथा दवाइयों के अपनी नियति के भरोसे छोड़े जा रहे थे''' । और शहरों की तरह इस शहर का भी अपना इतिहास है, भूगोल है, यादें हैं—यादगार स्थल हैं, पुरातात्त्विक दृष्टि से महत्त्वपूर्ण ऐतिहासिक धरोहरें हैं। इसकी झीलें''इसकी घाटियाँ''इसकी हरी-भरी सड़कें''इसके तालाब '''इसकी गलियाँ''इसकी इमारतें''इसके बटुए''इसके पान''और पानदान''इसकी जुबान की बेबाकी और लहजा''यहाँ की बेगमें''यहाँ के बुरके''और एक और बात कि यह शहर पर्दा-जर्दा और नमर्दा के लिए भी जाना जाता था''' । ऐसे रंगीन ऐतिहासिक शहर की खुशहाली और खूबसूरती को एक बार नजर लगी थी—2 दिसंबर, 1984 की अर्द्धरात्रि को और इसके बाद अब। सियासत के सिपहसालारों ने अपनी स्वार्थ कामनाओं को पूर्ण करने के लिए निर्दोष''निश्छल''बेदाग शहर को दाँव पर लगा दिया था। उनकी चालें साँप की तरह शहर को डस चुकी थीं''जब तक कोई समझ पाता''साँप फुँफकारकर डस चुका था। जहर चारों तरफ फैल गया था। रक्तरंजित जहर! पूरा शहर दंगों की लपटों से धू-धू कर जल रहा था। आसमान स्तब्ध था। धरती सहमी हुई। जीवन भौचक-सा ठहर गया था। जैसे दुःस्वप्न देखा हो! डरावना स्वप्न! अफवाहों का जोर इतना कि जो मन में आता बक दिया जाता। जैसे कोई कहता, पूरे परिवार को काट डाला और डरी-सहमी

जान बचाती लड़कियों को पकड़कर उनके स्तन तक काट डाले। बीच बाजार में सलवारें फाड़ डालीं या जिंदा फेंक दिया आग की लपटों में। अभी तक दूसरे शहरों के दंगों के बारे में सुना था, पढ़ा था, देखा था, लेकिन जब खुद की छाती पर कटार चली तो जाना कि दर्द कितना खौफनाक और जानलेवा होता है···बस, साँस-भर नहीं टूटी थी। घाव इतने गहरे थे कि भरने में मुद्दत लग जाएगी···तभी बार-बार तुलसी याद आ रहे थे—

जाके फटे न पैर बिवाई, वो का जाने पीर पराई।

ठीक उसी समय···शहर के बाहर बाईपास रोड के पास खाली जमीन पड़ी थी। जैसे कि बहुत सारी नजूल की जमीन पड़ी रहती है। उस खाली जमीन पर भयभीत···खौफ के मंजर से सहमे हुए अपनों को खो चुके···जिंदा जला दिए गए लोगों के परिवार वाले और जिनके घर घनी बस्तियों में जला दिए गए थे···दुकानें फूँक दी गई थीं और जो अब पूरी तरह से जीविका के साधनों से वंचित कर दिए गए थे···जिनके पास दो वक्त क्या एक वक्त खाने के लिए दाना नहीं बचा था। ऐसे ही लोगों ने वहाँ···उस नजूल की जमीन पर शरण ली थी और अपनी छोटी-सी बस्ती बसा ली थी। इस बस्ती के लोगों के चेहरों पर अब भी अविश्वास तथा दर्द की रेखाएँ पढ़ी जा सकती थीं। हर बस्ती की तरह इस बस्ती का भी नाम रखा गया हजरत निजामुद्दीन कॉलोनी। यह कोई विस्थापितों का सरकारी संरक्षण या पुनर्वास नहीं था। यह स्वयं के लिए स्वयं द्वारा बनाई गई जिंदगी की खंडित स्थली थी···जहाँ हताश···डरे हुए लोग आबाद हुए थे···और सिर्फ मुसलमान ही थे यहाँ पर। और मुसलमान भी कौन से? कुछ जमात पढ़े···छोटी-मोटी नौकरी करने वाले, छोटे-मोटे कारीगर···मैकेनिक, दर्जी, जिन्हें पुश्तों से अपने ही कहे जाने वाले भाई-बांधवों ने वर्षों-वर्षों के संबंधों और प्यार-मुहब्बत को ताक पर रखकर निर्वासित कर दिया था···। अब चिरंतन संबंधों में प्रेम की जगह घृणा थी···विश्वास की जगह अविश्वास, अपनत्व की जगह परायापन। यादें ऐसी कड़वी कि छाती में कटार भोंक दें और बातें ऐसी कि खून की धार बहा दें। तो ये लोग कोई और नहीं अपनों के द्वारा अपनों के बीच से भगाए गए, ठगे गए लोग थे! इसलिए इस बस्ती में खामोशी की लंबी चादर फैली होती। रोज कमाकर खाने वालों की भूखी बस्ती थी यह। ऐसे लोगों की बस्ती, जिन्हें न राजनीति का पता था, न नेताओं का। जो न इनकी बहसों में हिस्सा लेते थे, न इनके शानदार जलसों में। उन्हें नहीं याद कि ये लोग कभी रैलियों में गए हों। इनका ईमान-धरम था—रोटी-रोजी कमाना।

रजिया से लेकर छोटे भाईजान तक जिन्हें सिर्फ़ अपने काम और अपने बच्चों की मदरसे-तालीम की चिंता रहती थी। छोटी-छोटी इच्छाएँ···और छोटे-छोटे सपने! लेकिन जब सियासतदारों ने चालें चलीं तो सबसे पहले बेघर होकर भागना पड़ा इन्हीं को। सपने टूटे इनके। इच्छाएँ···मृतप्राय हुईं इनकी। फिर भी जीवन को खींचने के लिए कोई एक तार···कहीं न कहीं छुपा होता है···जो खींचता है···बाँधता है···जोड़ता है···जुड़ता है···। इसी छुपे तार की अंतरप्रवाहिनी शक्ति ने उनके जीवन में ऊर्जा पैदा की और धीरे-धीरे नई बस्ती में जीवन अपनी पाँखें खोलने लगा, बावजूद इसके कि न तो वहाँ कोई ठेले वाला आता था, न चक्की वाला, न सब्जी वाला···न किराने की दुकान थी। हफ्ते के हफ्ते बस्ती वाले मंडी जाते और गाँव से आने वाली गाड़ियों से गल्ला खरीदकर ले आते। हाट से सब्जी और मांस-मछली ले आते···पर मजाल कि कोई बाहर वाला व्यक्ति इस बस्ती में कदम रख दे···या कहें कि शहर के लोगों को इनकी परवाह नहीं थी···।

उस दिन मंडी में रामरतन की भरी गाड़ी खड़ी थी। गेहूँ का एक बोरा क्या एक पसेरी तक नहीं बिका था, जबकि मंडी में चारों तरफ भीड़ थी···खरीदार और बेचने वाले दोनों की आवाजें थीं! शोर था! गेहूँ, चने से लेकर गुड़, धनिया, मिर्च तक के ढेर लगे थे। सोसायटी से कर्ज लेकर रामरतन ने गेहूँ बोया था। गेहूँ बेचकर कर्ज पटाना था। घर के लिए कपड़े-लत्ते खरीदने थे, लेकिन यह कैसा दुर्भाग्य कि रामरतन का लोकमन गेहूँ अछूता-सा रखा था। पहले पंद्रह-बीस दिन तो वह गेहूँ के भाव उठने का इंतजार करता रहा···फिर लगा कि जब सभी साथी लोग गेहूँ बेच रहे हैं तो वह किस इंतजार में बैठा है। वह पिछले साल जैसी कहानी इस साल नहीं दोहराना चाहता था। पत्ता गोभी और टमाटर की खेती इतनी अधिक हो गई थी कि मंडी में भाव गिर जाने पर···दुखी और निराश होकर जानवरों को छोड़ दिया था···। पिछली फसल सोयाबीन की थी। उसमें भी भारी घाटा हुआ था। खड़ी फसल पर पानी पड़ गया था सो अलग! लगाए थे अठारह हजार और बचे थे···मात्र ढाई हजार रुपए। रामरतन उन दृश्यों को याद करके हताश हो उठा···। उसे लगा, इस गेहूँ को कहाँ रखेगा बारिश में? कैसे कर्ज चुकाएगा···। मासूम बच्चों के चेहरे उसकी आँखों के सामने आ-जा रहे थे और पत्नी···बेचारी···मीरा ···उसके बारे में सोचकर रामरतन भावुक हो उठा। उसने गेहुँओं को हथेलियों में भरा फिर वापस डाला, फिर भरा···क्या कमी है इनमें···! उसकी आँखें चौंधिया उठीं···पता नहीं धूप से या आँसुओं से···

एक-एक दिन निकलता जा रहा था। बाजार में लोकमन का भाव निरंतर

गिरता जा रहा था और रामरतन का मन उतनी ही गहरी निराशा में डूबता जा रहा था। प्री मानसून आने की सूचना मौसम विभाग द्वारा पहले ही दी जा चुकी थी···दोपहर बाद उठने वाली धूल-भरी हवाओं ने, फिर घिरते मेघों ने रामरतन की रही-सही आशाओं पर पानी फेर दिया। हे प्रभु! अब क्या होगा! देखो तो सबका गेहूँ कैसा बिक रहा है और ये लोग घर के लिए कैसी-कैसी खरीदारी करके ले जा रहे हैं और मैं! उसकी आँखों में चिंताओं की बदलियाँ उमड़ने लगीं। क्या होगा इन बोरों का! कैसे बचाएगा सीलन से! घुन लग गया तो···तब तो आत्महत्या के अलावा कोई रास्ता नहीं बचेगा? मंडी उठने लगी थी। जिनका अनाज बिक गया था, उनके चेहरे चमक रहे थे और जिनके नहीं बिके थे, वे रुआँसा चेहरा लिए बोरे समेट रहे थे। जीवन में चलने वाली इस भयावह संघर्ष-यात्रा का कोई छोर नजर नहीं आ रहा था। रामरतन ने बोरों का मुँह सिला···। गाड़ी में जो खुला गेहूँ पड़ा था, उसे तिरपाल से ढाँका और बैलगाड़ी हाँकता हुआ अवसादग्रस्त भारी मन से वापस लौट पड़ा। बैलों के लिए चारा न खरीद सका, इसलिए वे भी भूखे और थके-थके चल रहे थे। मन भारी था। घर वाली ने रोटी-सब्जी रखी थी, पर रामरतन ने खोलकर एक कौर तक नहीं तोड़ा। न भूख थी, न प्यास। लौटते हुए उसकी उदास आँखें निजामुद्दीन कॉलोनी की तरफ उठ गईं। एक सुनसान जगह पर बीचोबीच बसी बस्ती, जिसकी उम्र ज्यादा न थी। कच्चे-पक्के मकान; खामोश बंद-बंद। लोग अपने होने को छुपाते हुए···। रामरतन ने देखा दूर-दूर तक सन्नाटा पसरा है···हालाँकि इन वर्षों के दरम्यान आबादी बढ़ गई थी···कई पक्के छोटे मकान बन गए थे। गवर्नमेंट की दूध की डेरी तथा मस्जिद के पास गोश्त की दुकान खुल गई थी···। रामरतन के मन में जिज्ञासा तो उठती थी, पर जाने का मन नहीं करता था। आगे-आगे गाड़ी चल रही थी और पीछे-पीछे वह बस्ती को देख रहा था। मन में हजारों चिंताएँ। एकाध बार उसने किसी से पूछा भी था कि इधर क्या है तो लोगों ने बताया था कि वहाँ मत जाना, वहाँ अपने नहीं, पराए लोग यानी मुसलमान रहते हैं। एक ने तो यहाँ तक कह दिया था कि अगर भूलकर गए तो तुम्हारी गाड़ी लूट लेंगे और आग लगा देंगे! रामरतन नहीं समझ पाया था कि आखिर वहाँ जाने में हर्ज क्या है? जहाँ लोग रहेंगे वहाँ अनाज और सब्जियाँ तो खपेंगी ही और फिर बेचने और खरीदने वालों की कोई जाति और धर्म तो होता नहीं। अरे, बाजार का क्या धर्म? खरीदने के लिए तो बस पैसा भर चाहिए।

इसी पैसे के लिए रामरतन परेशान था। चिंतित था। आज वह अकेला ही आया था। लड़का बीमार था। उसकी दवा लेकर जाना था; शाम होने को थी।

दूर-दूर तक फैला धूसर आसमान बस्ती पर सन्नाटा बरसा रहा था। परिंदे भी नहीं दिख रहे थे। इधर दूसरे छोर पर बादल घिरते आ रहे थे और उधर रामरतन की जान गेहुँओं में रखी फड़फड़ा रही थी। रामरतन उस परिंदे की तरह महसूस कर रहा था, जो उड़ना जानकर भी उड़ नहीं पा रहा था। "चल, नीला चल!" उसने बैलों को हाँकते हुए कहा, "अपना भाग्य खराब है। नीला, देखो सबके गेहूँ सस्ते बिक गए और अपनी बोहनी तक नहीं हुई। पता नहीं किसका मुँह देखकर निकले थे। हमने तो सोचा था गेहूँ बिकने पर तुम्हारे लिए बढ़िया घुँघरू वाला पट्टा बनवा देंगे···पर क्या करें! ट्राली वाले तो भर्र-भर्र करके बड़ी-बड़ी कॉलोनी में बेच आते हैं अपन तो वहाँ भी नहीं जा सकते! दुखी हो क्यों नीला, सूखा भूसा गले में फँसता होगा। खली-चूनी तभी आएगी जब पैसा आएगा। चलो बेटा, भाग्य आजमाकर देखते हैं। देखते हैं, कौन हमें मारता है और कौन हमारी गाड़ी लूटता है।" रामरतन ने गाड़ी को मोड़ते हुए कहा··· ।

सड़क का रास्ता खत्म हो गया था। कच्ची सड़क थी। ऊबड़-खाबड़। धूल भरी! आसपास पेड़-पौधों का नामोनिशान न था। जैसे-जैसे वह राजनीतिक कुचक्रों की कोख में जन्मी बस्ती के नजदीक पहुँचता जा रहा था, उसके दिल की धड़कनें बढ़ती जा रही थीं···और नजदीक पहुँचा तो कुछ बकरे-बकरियाँ दिखाई दीं···फिर कुछ मुर्गे-मुर्गियाँ उड़ते, दाने चुगते नजर आए···कुछ बच्चे···कंचे खेल रहे थे···तो कुछ···पतंग उड़ा रहे थे। धूल-भरे आसमान में छोटी-छोटी पतंगें एक-दूसरे से लिपटी नजर आ रही थीं··· । बाथरूम पर फट्टे लटके नजर आए···और बाहर ···बेतरतीब कपड़े सूख रहे थे। रामरतन···धड़कते दिल से काँपते स्वर में अनायास ही आवाजें लगाने लगा—'गेहूँ ले लो, गेहूँ···बढ़िया चमकता दाना···लोकमन गेहूँ···ए वन गेहूँ···सस्ता···' बीच-बीच में वह नीला से बात कर लेता—नीला बेटा, मुझे कुछ हो जाए तो तुम अपने ठिकाने पर पहुँचा देना···लेकिन यह क्या···किसी के कानों में उसकी आवाज नहीं जा रही थी··· । नीला, क्या अपन गलत जगह आ गए··· । रामरतन को कुछ-कुछ अहसास हुआ। वह अकेला कोई बचाने वाला भी नहीं। सबने मना किया था। वही आ गया···पेट की खातिर। शौक से तो आया नहीं। लेकिन बैलगाड़ी अजनबी लोगों की गली के बीच धीरे-धीरे बढ़ रही थी··· । बीच-बीच में वह आवाज लगाता··· । उसने देखा किसी ने घर के छोटे दरवाजों से चिक उठाकर झाँककर देखा···किसी ने हलका-सा दरवाजा खोला··· । "यहाँ कौन आ गया?" देखने वालों की आँखों में विस्मय था। बीते वर्षों में किसी ने ऐसी हिमाकत नहीं की थी कि यहाँ तक आ सके। यहाँ की खैर-खबर लेने

आया भी तो···रहनुमा कहे जाने वाले नेता लोग ही।···रामरतन ने देखा एक महाशय, जिनके हाथ में माला थी···सिर पर टोपी···आँखों पर चश्मा···कुर्ता-पायजामा पहने लड़खड़ाती आवाज में बोले, "ऐ मियाँ, यहाँ किसकी इजाजत से आए हो?" खरखराती आवाज का ढंग कुछ इतना सख्त और शक भरा था कि रामरतन की रूह काँप गई। तुरंत उसको जवाब नहीं सूझा।

"बताया नहीं मियाँ! कैसे आए हो?"

"किसी की इजाजत से नहीं आया। मंडी से लौट रहा था। गेहूँ बेचने चला आया बड़े मियाँ। गेहूँ है—एकदम चोखा दाना! चमकीला। लोकमन! सस्ता भाव लगा दूँगा। एक बार छूकर तो देखिए, आपका मन भर जाएगा।"

"देखो मियाँ, आज आ गए तो आ गए आइंदा इस तरफ कदम मत रखना।"

"घर बैठे सस्ता गेहूँ आपको मिल जाएगा···मौलाना साहब। रोजी-रोटी का सवाल है···" रामरतन ने भरसक विनम्रता से कहा।

"ये तो ठीक है, पर मेरी बात समझ में आ रही है या नहीं।" फिर मौलाना साहब थोड़ा रुककर, सोच-विचारकर बोले, "क्यों मियाँ, गेहूँ का क्या भाव चल रहा है। कैसा दाना है? क्या खुद खेती करते हो।" वह अब भी माला फेर रहे थे। चश्मे के भीतर से दिखती उनकी आँखों में रामरतन के प्रति संदेह का भाव अब भी मौजूद था।

रामरतन ने हिम्मत करके गाड़ी से उतरकर मुट्ठी-भर दाने उनकी काँपती झुर्रियों से भरी हथेली पर रख दिया। गेहूँ का दाना सचमुच भरा-भरा था। खरा चोखा दाना।

"कहाँ के रहने वाले हो?"

"कोलूआ गाँव का रहने वाला हूँ।"

"यहाँ कहाँ से आ रहे थे?"

"मंडी से।"

"हम तो जुमेराती से ही खरीदते हैं। न मियाँ···अब तुम बढ़ जाओ। यहाँ किसी मुसीबत में पड़ गए तो हम लोगों पर इल्जाम लगाओगे।"

"बड़े मियाँ, एक बार लेकर देखिए। जबरदस्ती नहीं है।" रामरतन की आवाज में निराशा तथा अवसाद घुलने लगा था।

"अच्छा-अच्छा, बताओ क्या भाव लगाओगे?" सस्ता गेहूँ मिल जाने की नीयत से बड़े मियाँ बोले। अपनी अच्छी-खासी दुकान जल जाने के बाद वे फालतू बैठे थे···और यहाँ अकेले अपनी बेगम के साथ पड़े थे। एक बार जीवन उजड़ता

है तो वर्षों लग जाते हैं—घर-मकान तो फिर भी बन जाते हैं—पर मन···मन को समझाने में सदियाँ लग जाती हैं···बड़े मियाँ के मन के घाव ताजा थे और स्मृतियाँ रक्त-रंजित!

बड़े मियाँ को सीधे-सादे रामरतन की नीयत में कोई खोट नजर नहीं आई। गाँव का किसान! बातों से सच्चा लग रहा है। चिंता में डूबा।

"अरे बेगम, सुनती हो··· ।" आवाज देते बड़े मियाँ भीतर गए और बड़ा-सा थैला लेकर आए, "लो, पच्चीस किलो तोल दो। और जल्दी से यहाँ से निकलो।"

रामरतन को गेहूँ तोलते हुए खुशी की अनुभूति हुई। तराजू को माथे से लगाकर रामरतन ने···अपने भगवान् को धन्यवाद दिया··· ।

"हुजूर! इतना बढ़िया दाना आपको घर बैठे कहाँ मिलेगा! एकाध बोरा लेकर डाल लेते। बरसात भर चलेगा। गोबर की देसी खाद डालते हैं हम।" रामरतन गेहूँ की तारीफ पर तारीफ किए जा रहा था···जैसे कोई पिता अपने बच्चे के एक-एक गुणों को बखानता है··· ।

"मियाँ, अब फैला-पसरी मत करो।" जल्दी से रुखसत हो जाओ।"

"ठीक है हुजूर! जैसी आपकी मरजी।"

रामरतन की आँखों में हलका-सा उत्साह तथा विश्वास छलक आया। वह जोर-जोर से आवाजें लगाने लगा; पर उस दिन उस घर को छोड़कर किसी ने उसका गेहूँ नहीं लिया। गाँव लौटते हुए उसकी जेब में डेढ़ सौ रुपए थे। उसने सोचा, मंडी से लौटते हुए वह एक फेरी बस्ती की जरूर लगा लिया करेगा। धीरे-धीरे उसका गेहूँ वहाँ बिकने लगा—हालाँकि मात्रा ज्यादा नहीं रहती थी। कोई दस किलो लेता तो कोई पंद्रह किलो बस, इससे ज्यादा नहीं।

"निजामुद्दीन जाते हो?" उसके साथी सब्जी वाले ने पूछा।

"जाता तो हूँ।"

"खतरा तो नहीं है। हमें भी अपने साथ लिवा चलो।" मेवालाल यूँ तो सब्जियाँ उगाता था; पर इधर वह खरीदकर बेच रहा था। कड़क धूप में तेल मिला पानी छिड़ककर सब्जियाँ चमकाता था। मेवालाल ने सपने में भी नहीं सोचा था कि उधर जाना चाहिए। बस्ती की छवि ऐसी बना दी गई थी कि वहाँ जाने वालों को जान का खतरा था कि वहाँ लूट लेंगे···कि वहाँ कट्टर किस्म के लोग रहते हैं कि वे सब बदले की फिराक में हैं।

लेकिन···कोई भी दीवार मनुष्यता के बहाव में सारी छवियों को ध्वस्त कर देती है··· । उन खून-खंजरों और लपटों से झुलसी यादों के बावजूद बस्ती के दिल

के किसी कोने में कहीं एक कोमल-सी धारा थी…। रामरतन के पीछे-पीछे मेवालाल ने जाना शुरू कर दिया। हरी-ताजा सब्जियाँ सबको खींचती थीं। फिर बस्ती वालों ने देखा एक छोटी-सी दीवार के किनारे मेवालाल दोपहर तक अपना ठेला लगाए उसी के नीचे बैठा रहता और शाम के समय एक फेरी लगाकर वापस चला जाता…। मेवालाल ने महिलाओं के बीच अपनी जगह बनानी शुरू कर दी थी…। नफासत और नजाकत वह न सिर्फ अपने व्यवहार में बल्कि सब्जी बेचने में भी बरतता था…एक छोटी-सी गुमटी वहाँ बन गई…मुहम्मद अफजल को पैसों की जरूरत थी, इसलिए उन्होंने बाहर का हिस्सा इस काम के लिए दे दिया। वैसे उसूलन यह वादाखिलाफी थी, क्योंकि तय यही हुआ था कि यहाँ कोई भी हिंदू नहीं आएगा, न उनसे किसी भी प्रकार के कोई ताल्लुकात रखे जाएँगे। लेकिन जैसे ही गुमटी लगी…विरोधी लोगों के कान खड़े हो गए। सतर्क और सक्रिय। "यहाँ काफिरों के लिए जगह नहीं। पहले हमें वहाँ से भगाया और अब यहाँ भी भगाएँगे।"

"रामरतन गोटियाँ खेलने की कोशिश मत करना। अपने काम से काम रखना समझे।"

"हम तो पेट की खातिर आते हैं, छोटे मियाँ। आप विश्वास रखें हमारी वजह से कोई परेशानी नहीं होगी।"

उस समय बात आई-गई हो गई थी।

फिर बस्ती वालों ने देखा गुमटी ने आकार बदल दिया है। वह फैल गई है चारों तरफ…बाँस और फट्टों की सहायता से चारों तरफ से दीवारें उठा दी गई हैं, ऊपर मोटी पन्नी तान दी गई है। बाहर एक बड़ा तराजू रख दिया और तराजू पर एक नामपट्टिका चिपका दी गई—'रामरतन गल्ला दुकान' बस, यही नाम फसाद की जड़ बन गया। उस दिन हुए दंगों ने…बीच में एक ऐसी खाई पैदा कर दी थी, जो बार-बार सवाल पैदा करती थी और बार-बार विश्वास माँगती थी। डालो विश्वास का पानी! सिद्ध करो कि हम एक हैं! हमारे बीच वैमनस्य नहीं है! रामरतन इन सबसे ऊपर था। न मन में मैल, न दिल में खोट…न चाल-चालाकी, न रणनीति। एक ही मकसद था…पैसा कमाना, कर्ज पटाना…अपनी खेती में बरक्कत करना।

"किसने दी दुकान! यह आदमी यहाँ आया कैसे?" चार-पाँच युवकों ने दुकान के सामने खड़े होकर पेशानी पर बल दिखाते हुए सख्त लहजे में पूछा।

"अफजल मियाँ ने दी है।"

"भाड़े पर?"

"हाँ।"

"कल तक यह जगह खाली हो जानी चाहिए।"

आदेशात्मक लहजे में बोलने वाले युवक ने इशारा करते हुए कहा। उन लोगों का हुलिया भय पैदा कर रहा था। गले में पहनी हुई चाँदी की चैनें। हाथों में बँधे रूमाल। आँखों पर सस्ते किस्म के रंगीन चश्मे। मोटरसाइकिल पर तने-तने चल रहे युवक जिस तरह बात कर रहे थे, उसने रामरतन को चिंता में डाल दिया।

"इन काफिरों ने हमें वहाँ से निकालकर बेघर कर दिया था। अल्लाह कसम! मेरा बस चले तो अभी इसे उठाकर फेंक दूँ। हमारे सगे वालों से जो सुलूक किया गया था, भूल गए क्यों? कैसे जान बचाकर आए थे और यहाँ भी...आज दुकान लगाई है—कल घर बसा लेंगे, फिर अपना हक जमा लेंगे...पार्षद का चुनाव लड़ेंगे। अफजल भाई की भी खबर लेनी पड़ेगी।" युवक क्रोध से उबल रहा था।

रामरतन कान लगाकर उनकी बातें सुन रहा था। उसका दिल भावी दुर्घटना को लेकर धड़कने लगा। चेहरे पर हवाइयाँ उड़ने लगीं...। लड़कों ने ऐसा क्यों सोचा। क्या हम खूनी हत्यारे हैं? चोर-बदमाश हैं? लुटेरे हैं? हम तो यहाँ धंधा-पानी करने आए। हमारे गाँव में तो कभी किसी मुसलमान का घर नहीं जलाया गया। ये तो इस शहर में ही हुआ होगा...लेकिन मन में उठने वाली इन बातों को रामरतन किसके सामने रखे! कौन सुनेगा उसकी बातें। रामरतन का मन क्लांत हो उठा।

शाम को उधर सूरज का लाल गोला काले मेघों के बीच छुप रहा था, दूर बहुत छोटी आकृति के पक्षी उड़ते दिखाई दे रहे थे...और हवाओं ने धूल के गुबारों को और ऊँचा उठा दिया था। और उधर अफजल भाई के यहाँ गहन-गंभीर मंत्रणा चल रही थी—"हमने तय किया था कि कोई बाहर वाला आदमी यहाँ नहीं आएगा। फिर आपने बिना किसी से सलाह-मशविरा किए दुकान कैसे बनने दी।"

"पैसों की जरूरत थी मियाँ!" अफजल विवशता से बोले।

"हमारे नेता जो थे, आपकी मदद करने के लिए।"

"फौजिया का निकाह करना है और आप लोगों से क्या कहें अपनी माली हालत के बारे में।"

"यह तय था कि बस्ती में कोई बाहर का आदमी यानी हिंदू नहीं आएगा। हम ही रहेंगे।"

"देखो, शाहिद मियाँ, यह ज्यादती है, आपकी।" इस बार अफजल तैश में

आकर प्रतिवाद करने लगे। उन्हें लग रहा था, शाहिद तथा उसके साथी उनकी मजबूरियों को समझे बिना उन पर बिला वजह इल्जाम लगा रहे हैं?

"ज्यादती नहीं, जो उसूल बनाए गए थे, यह उनकी खिलाफत है। सब्जी वाला दिन-भर यहीं खड़ा रहता है। किराने वाला आ जाएगा, फिर मोची, दरजी, हलवाई—सभी। वे भीतर, हम बाहर। यह खेल है! यह साजिश है। आपको समझ में नहीं आता!"

"देखो मियाँ, यह तो और भी बेहतर होगा। हमें बाहर नहीं जाना पड़ेगा। हर किस्म की चीजें किफायती दामों पर मिल जाया करेंगी। उधारी भी चलती रहेगी। कभी कोई इनकार नहीं करेगा। रही रामरतन की बात तो वह गाँव का सीधा-सादा नेक बंदा है। वे भी हमारी तरह रोजगार वाले लोग हैं…।"

"इसकी दुकान हट जानी चाहिए भाई मियाँ, वो मंजर याद आते हैं तो हमारा खून खौलने लगता है खुदा कसम…! हमने क्या बिगाड़ा था किसी का।"

"जो नहीं बिगाड़ते, वही करते हैं—जो बिगाड़ते हैं, वे तो पहले ही अपनी हिफाजत कर लेते हैं।"

"जी तो करता है, नेस्तनाबूद कर दूँ अभी जाकर।"

"शाहिद मियाँ, जवानी को यूँ बर्बाद मत करो। वो एक जलजला आया था, गुजर गया।"

"हमारी भी जिद है कि दुकान हटनी चाहिए।" शाहिद अपने लोगों के साथ एक ही बात पर रट लगाए हुए था। उसे लग रहा था, रामरतन को हटवाकर वह बस्ती वालों के बीच अपनी पहचान बना लेगा।

इधर शाहिद अफजल से बहस कर रहा था और उधर शहर में रोजा अफ्तारी की दावत दी जा रही थी, जिसमें राज्यपाल से लेकर शहर के बड़े-बड़े प्रतिष्ठित व्यक्ति, नेताओं द्वारा दी जाने वाली दावत में रोजा-अफ्तारी कर रहे थे…। हँसी-मजाक चल रहा था यानी वातावरण पूरी तरह से खुशनुमा और आत्मीयता से परिपूर्ण था।

जब बहस का कोई अंत नहीं हुआ और शाहिद एक के बाद एक तर्क रखता गया तो अंततः अफजल ने परास्त होकर कहा, "तो आप जाकर अहमद साहब से बात करें। बात को तूल देकर नाहक यहाँ परेशानी खड़ी कर रहे हो। उन्होंने ही सबसे पहले उसे यहाँ घुसने की इजाजत दी थी। उनसे जाकर करो बहस।"

"वो बुजुर्ग हैं, नरम पड़ जाते हैं—पर आपको तो सोचना था भाईजान कि कल के दिन कुछ हो गया तो! कल के दिन यही आदमी अपना धंधा फैलाता

जाएगा, फिर धीरे-धीरे मंदिर बना लेंगे और कहेंगे कि यह जमीन इनकी है, फिर वही फसाद की जड़··· ।" शाहिद जैसे हार नहीं मानना चाहता था। अफजल अपने बचाव के लिए···हर तर्क को काटने की कोशिश कर रहे थे।

"भूल जाओ सब कुछ! क्या 1948 में नहीं हुआ था? आज भी सरहद के पार लोगों के दिल में कशिश है, प्यार-मोहब्बत है···हम यहाँ पहले भी अपनी मरजी से थे···आज भी हैं। हमें भी इस वतन से प्यार है···इस जमीन को अपना न समझा होता तो लेते पनाह। फिर झगड़े कहाँ नहीं होते? सियासत की लड़ाई में हम यूँ ही बेकार मारे जाते हैं—और फिर तुम बताओ कि उनके यहाँ की लड़कियाँ क्या हमारे घरों में नहीं हैं? हफ्सा बीबी बहू कौन है, ब्राह्मण की लड़की। दोनों में मोहब्बत थी। निकाह किया। लड़की बुरका पहनती है। पाँच वक्त की नमाज अदा करती है। जानते हो, तलवारें खिंच गई थीं। कोर्ट-कचहरी तक मामला पहुँच गया था। जब कोर्ट में सुनवाई के लिए जा रहे थे, तब लड़की लिपट गई लड़के से। सबको झुकना पड़ा और मियाँ जितना अपने नहीं पूछते, उतना उनका परिवार इज्जत बख्शता है। शाहिद मियाँ, आपकी तो पूरी जिंदगी पड़ी है। यह तंगदिली ठीक नहीं है। हर धर्म मोहब्बत करना सिखाता है, नफरत नहीं। जाओ, अपना काम-धंधा देखो और यहाँ के बारे में नुक्ताचीनी करना बंद करो। हम यहाँ कोई नया फसाद नहीं चाहते।" अहमद साहब ने फैसला सुनाते हुए कहा।

पर शाहिद कहाँ मानने वाला था। उसका आहत अभिमान जैसे कोड़े की मार खाया हो—इस तरह झनझना रहा था। अपनी बात को यूँ पिटते देख वह और ज्यादा बौखला गया था···दरअसल उसकी नीयत में खोट थी। वह चाहता था कि अपने लिए यह दुकान ले ले। पर ऊपर से वह यूँ दिखा रहा था, जैसे तमाम घृणा उसी के भीतर भरी हो। खून में जहर दौड़ रहा हो··· । अफजल कहाँ भूले हैं उस दर्द को···उस विछोह को जब उनके सुंदर बेटे दंगों की चपेट में आ गए थे···उसी दुखती रग पर हाथ रखते हुए शाहिद ने आखिरी पाँसा फेंकते हुए कहा, "आपको अपनों को खोने का कोई रंज नहीं है? आप यह भी भूल गए कि हमारी औरतें कैसे जलील की गई थीं।"

"सब याद है···पर क्यों भूलते हो कि उनके भी तो मरे थे, कटे थे। वे भी यही सोच सकते हैं, फिर यहाँ पर यह सब बातें क्यों?"

"ताकि आप याद रख सकें।"

अफजल को कई बार लगता है गोकि वे लपटों के बीच आज भी घिरे बैठे हैं···चारों तरफ हाहाकार मचा है···कुहराम···चीत्कारें···हाहाकार! पर बेबसियों का

आलम यह था कि खाने के लिए रात-दिन मशक्कत करके भी परिवार का पेट नहीं भरता था, इसीलिए गुमटी की यह जगह रामरतन को किराए पर उठा रखी थी। वे महसूस कर रहे थे कि नए खून में जल्द उबाल आ जाता है। जब दंगों की तपिश में झुलसे ये जवान दिल जल्दी ठंडे नहीं होते। इन्हें बार-बार ठंडा करना होगा।

उस सुबह जब सूरज हलका-सा बादलों की ओट में था। जब मुर्गियाँ बाहर निकल आई थीं। जब मिमियाते हुए बकरे शोर मचा रहे थे···और बच्चों ने हुल्लड़बाजी मचा रखी थी···अहमद साहब बाहर निकले थे···उसी समय रामरतन के बेटे ने···दुकान से परदा हटाया था···रोज की तरह उसने आसपास झाड़ू लगाया। पानी छिड़का। बाट सजाए। बोरों का मुँह खोला। चारों तरफ अगरबत्ती की परिक्रमा देकर बाहर मिट्टी में अगरबत्ती खोंस दी···। गद्दी पर बैठा वह अपने पिता की प्रतीक्षा कर रहा था। कभी वह बाहर देखता तो कभी बोरों की गिनती करता। एक-दो-तीन···तो कभी उनके पीछे छुपे चूहों को भगाने के लिए लकड़ी से ठोंकता। आज बस्ती में रौनक थी···लोगों का आना-जाना चल रहा था। कुछ बच्चे नए कपड़े पहनकर घूम रहे थे···पुराने फिल्मी गाने बज रहे थे···। शाहिद अपने साथियों के साथ घूम रहा था। उसकी चाल-ढाल तथा हाव-भाव दहशत पैदा करने वाले थे। उनको यूँ घूमते देखकर वह भय से सिहर उठा और अपने पिता को याद करने लगा। दुकान को यूँ खुला छोड़कर वह जा भी नहीं सकता था। हालाँकि उसके पिता ने अपनी अच्छी-खासी साख बना ली थी। उधारी पर धंधा चलता था, पर पिछले दस महीनों में उसने यहाँ के लिए काफी कुछ किया था। अब तक इस बस्ती को एक नई कॉलोनी के साथ जोड़ दिया गया था। हालाँकि दूरियाँ उतनी ही थीं, पर कल्पना नगर और साकेत नगर बसने के कारण यह किनारे की बस्ती धीरे-धीरे बीच में आ गई थी। यहाँ के लोगों ने भी उसकी दुकानदारी चला दी थी। रामरतन उत्साहित था कि अगर इसी तरह दुकान चलती रही तो एक साल में कर्जमुक्त हो जाएगा। शाहिद तथा उसके दोस्तों ने ठीक ही समझा था···ठीक बगल में रामरतन की चक्की भी चलती थी। जिस पर सभी तरह के अनाज तथा मसाले पिसते थे। यही सब शाहिद की आँखों में किरकिरी बन गया था···

उधर दूल्हे मियाँ घोड़ी पर सवार होकर निकाह के लिए जा रहे थे। रामरतन को भी विवाह में शामिल होना था। वह कोई बढ़िया चीज भेंट करना चाहता था, इसलिए भेंट खरीदते हुए वह आने वाला था। लड़का बेचैन हो उठा। जाकर बीच सड़क पर खड़ा हो गया। मन में उत्सुकता थी कि सेहरे के भीतर छुपा

दूल्हे का चेहरा कैसा लग रहा होगा। वह झाँक-झाँककर देखने की कोशिश करने लगा।…रामरतन बेटे को यही समझाता है कि डरने की कोई बात नहीं है। सबसे दोस्ती करो। वह बताता है कि शुरू के दिनों में लौटते हुए उसके कदम तेज भागने लगते थे…लगता था, कोई पीछा कर रहा है…कोई मारने वाला है, लेकिन धीरे-धीरे सारे वहम दूर होते गए थे…आधी रात के बाद भी वह निर्विघ्न अपना काम निपटाकर, निर्भय होकर जाता था। इसी बस्ती का कर्ज यह कैसे उतार सकता है—जिसने उसे आत्महत्या करने से बचा लिया था, वरना आज वह कहाँ होता…? हालाँकि…

उस दिन की घटना वह कभी नहीं भूल पाता है, जब शाम होते ही कुछ परछाइयाँ उसकी दुकान के आसपास मँडराती नजर आई थीं, रामरतन का मन आशंकित हो उठा। क्या चोर है…? उसने साइकिल एक किनारे खड़ी की और वहीं से आवाजें लगाने लगा…थोड़ी दूर चला होगा कि तीन-चार लोगों ने उसे लपक लिया था और मारने लगे थे मुक्कों से। यह वही दिन था, जब शाहिद की अहमद साहब से बहस हुई थी।

रामरतन ने घटना के बारे में किसी से कुछ नहीं बताया था…सुनसान रास्ते की दुर्घटना मानकर चुप साध गया था। लेकिन उसके बाद वह सतर्क रहने लगा था। फिर एक दिन उसने देखा कुछ लोगों को घूमते हुए…वह बोरों का मुँह बाँधकर तराजू-बाट समेटकर निकलने ही वाला था कि एक जलती हुई लकड़ी उसकी दुकान पर आकर गिरी…वह कुछ समझता…बचाव का तरीका अपनाता तब तक तो दुकान से लपटें उठने लगी थीं। लपटें उठती जा रही थीं और वह चीख भी नहीं पा रहा था। लग रहा था, किसी ने जोर से गला दबा दिया हो। आग की लपटों का प्रकाश…तपिश…जब आसपास वालों को महसूस हुई तो वे सब भागकर बाहर आए…अरे, यह क्या…दुकान जल रही है…जल्दी करो। दौड़ो। पानी लाओ…। जब तक लोग आते पानी फेंकते तब तक आधी से ज्यादा दुकान जल चुकी थी। अनाज जलने की गंध चारों तरफ हवा में फैल गई थी…चूहे निकल-निकलकर भाग रहे थे। दूर रामरतन खड़ा था। विस्फारित आँखों से देखता…क्षणों बाद वह मूर्च्छित-सा एक ओर लुढ़क गया था…। अहमद साहब स्तब्ध। जैसे उनका घर जल गया हो…उस पीड़ा से गुजरते हुए। कोई फायर ब्रिगेड को फोन करने के लिए बोल रहा…तो कोई पुलिस वालों को बुलाने पर जोर दे रहा था…।

“रामरतन! मियाँ आँखें खोलो…।” अफजल उसके चेहरे पर ठंडे पानी के छींटे मारकर कंधे थपथपा रहे थे।

सब कुछ बर्बाद हो चुका था। साल-भर की मेहनत! पैसा! साल-भर का खाना-पीना। घर की व्यवस्था! बैंक की किश्तें! सपनों की राख-भर पड़ी थी, रामरतन के सामने।

एक बार फिर विश्वास टूटा था।

तीन दिनों तक यूँ ही सब बिखरा पड़ा रहा था। अधजले गेहूँ के बोरे, धूल-मिट्टी, राख में सने तराजू-बाट। पुलिस आई थी। पूछताछ हुई। रामरतन का मुँह बंद। भीतर तक थरथराहट भरी हुई। जिनको देखा था, जिनसे मार खाई थी, उनके चेहरे साफ-साफ याद थे, पर उसकी आँखें देखकर भी देखना नहीं चाहती थीं। यह क्या था, भय या बस्ती के प्रति उसकी मोहब्बत! विश्वास! या रोजी-रोटी उठ जाने की आशंका!

उधर अफजल तथा अहमद साहब ने कुछ लोगों को इकट्ठा किया। इस गंभीर चर्चा में कॉलोनी के और भी लोग शामिल थे।

"दुकान खाली करवा लेनी चाहिए वरना उसकी जान चली जाएगी।"

"किससे-किससे खाली करवाएँगे। नाई बैठता है। दर्जी है…किराने वाला… सब्जी वाला।"

"नहीं, हमें उनसे कोई शिकायत नहीं। उलटा उनके आने से हमीं लोगों को सहूलियतें हो गई है। यह तो सरासर नाइंसाफी है। बहुत हो गया। इन जाहिल लोगों ने मनमानी कर ली। अब उस घटना को अखबार वाले, समाचार वाले, सांप्रदायिक रंग दे देंगे और हमारे सबके बीच फिर एक कड़वाहट का दौर चलेगा।"

"इसीलिए कहा था कि शुरुआत ही मत करो…जैसा ढर्रा चल निकला था चलने देते।"

"पर यह तो कोई बात नहीं हुई कि हम पूरी उम्र सबसे कटकर रहें और दूसरे के गुनाहों को सेंकते रहें।"

देर तक दलीलें दी जाती रही थीं। लग रहा था, एक बार फिर स्थितियाँ हाथ से निकल रही हैं और बाहर वालों का हस्तक्षेप बढ़ रहा है… ।

"हमारी ही औलादें गलत राह पर चल रही हैं। यह कोई सियासत का मसला नहीं था। अगर बात बाहर गई तो सियासती रंग मिल जाएगा। नेता लोग आ धमकेंगे… । बलवाइयों, दंगाइयों की कोई जाति, कोई मजहब और कोई ईमान नहीं होता और इन नेताओं से तो ऊपर वाला ही बचाए। हम अमन-चैन से जीना चाहते हैं।"

"पुलिस दरयाफ्त करने आएगी तब? तब क्या होगा? रामरतन खामोश नहीं रहेगा।"

"जिन लोगों ने हमारी बस्ती का अमन-चैन भंग किया है, उनको सजा जरूर मिलनी चाहिए।"

अहमद साहब की बात सबको जँच रही थी। 1992 के जख्म अभी भी पूरी तरह से भरे नहीं थे, इसलिए वे बुजुर्ग महाशय फिर किसी खून-खराबे के पक्ष में नहीं थे···। बँटवारे के समय भी उन्होंने अपने खानदान वालों को खोया था··· यद्यपि···बाद में पाकिस्तान जाकर एक बार अपने लोगों से मिल भी आए थे, पर एक अधूरा जीवन जीने का अहसास हमेशा उनके दिल में बना रहता है।

पुलिस जब आई तो दोपहर का समय था। शायद एक या डेढ़ बजे का। अजान हुई। लोग नमाज के लिए इकट्ठे हो गए। रामरतन से पुलिस बार-बार पूछताछ कर रही थी, पर वह मौन बना था। पत्थर की तरह निस्पंद। बुरे लोग तो हर कौम में होते हैं–जैसे अच्छे लोग।

"रामरतन बिलकुल साफ-साफ बताओ बिना भय के! क्या किसी ने तुम्हें धमकी दी है, फिर खामोश क्यों हो?"

लेकिन रामरतन ने किसी के खिलाफ एक शब्द नहीं बोला।

जब रामरतन दुकान पर आया तो सबसे पहले अहमद साहब ने उसके कंधों पर हाथ रखकर दिलासा दी थी। शर्मिंदगियों का लंबा दौर हमारे बीच आता-जाता रहा है···यह विडंबना है। अहमद साहब कहना चाह रहे थे, पर इस समय खामोशी ही सबसे बड़ी दिलासा थी। अफजल ने उसकी बिखरी चीजों को समेटा था··· एक-एक सामान बचा-खुचा जला···काला पड़ा अनाज···उसकी जान-माल की सुरक्षा की चिंता लिए अफजल ठीक बाजू में कुर्सी डालकर बैठने लगे थे। आहिस्ता-आहिस्ता बस्ती का जीवन फिर उस मनहूस सन्नाटे को तोड़ता हुआ दौड़ने लगा था।

यही वह वक्त था, जब मुझे इस शहर को छोड़कर अपनी केंद्रीय नौकरी में वारंगल जाना पड़ा था। शहर की यादें पीछे छूट गई थीं। इस बीच मैं छात्र से गृहस्थ बन चुका था। मैं जब भी यहाँ आता मेरा मन कल्पना नगर जाने के लिए बेचैन हो उठता। पर व्यस्तताओं के कारण मन मसोसकर रह जाता था। पर पता नहीं क्यों मुझे रामरतन हमेशा याद आता। गोरा रंग, घुँघराले बालों वाला किसान, जिसको मैंने अपनी आँखों के सामने तड़पते हुए रोते हुए देखा था। मैं उस घटना का साक्षी था। रामरतन को लेकर कई सवाल मेरे मन में उठते रहते थे। रामरतन

ने बाद में क्या किया होगा…गाँव चला गया होगा या दुकान छोड़ दी…या कैसे उसने स्वयं को सँभाला…मुझे नहीं मालूम!

चूँकि इस बार मैं एक हफ्ते की छुट्टी लेकर आया था। शादी वाले घर में…मेरे लायक कोई खास काम नहीं था। अतः मैं अपने स्मृतिलोक में जाने के लिए उत्सुक हो उठा। स्कूटर उठाकर मैं चुपचाप चल दिया। मैं आज भी इस सत्य की खोज में हूँ कि अतीतोन्मुखी होना सुखदायी क्यों लगता है, जबकि उस वक्त भी जीवन में अनेक प्रकार के अभाव और कष्ट होते हैं। क्या यह खो जाने का मोह है या भविष्य के प्रति अज्ञात भय। मन क्यों कुछ लोगों और उनकी यादों में बँधा रहता है! मैं पिपलानी पेट्रोल पंप तक तो पहुँच गया, क्योंकि उस लैंडमार्क तक कोई विशेष परिवर्तन नहीं हुआ था। लेकिन आगे का रास्ता गड़बड़ हो चुका था। कल्पना नगर, साकेत नगर…इंद्रपुरी…अब छोटी-मोटी कॉलोनियाँ नहीं, पूरी की पूरी कस्बा बन चुकी थीं। वहाँ उनके अपने बाजार…दुकानें, अस्पताल, स्कूल, रेस्टोरेंट तथा होटल खुल चुके थे और वह इमारत निजामुद्दीन कॉलोनी जो कभी बायपास रोड पर अकेली खामोश…भयभीत-सी, कॉलोनी-बस्ती दिखाई देती थी …जिसका जन्म घृणा, भय और स्वरक्षा के भाव से हुआ था…अब वह उन कस्बानुमा कॉलोनियों के बीचोबीच आ चुकी थी और तीन छोटी-सी पुलियों से जुड़ी थी, चौथे छोर पर बायपास रोड था। यानी तन्हाई में मनुष्य तो रह सकता है…बस्ती नहीं…। मैं कल्पना नगर से प्रवेश करता हुआ कब निजामुद्दीन कॉलोनी में आ गया, पता ही न चला। बचपन की बस्ती और अब की बस्ती में जमीन आसमान का फर्क था। वे सारे रहस्य जो भय के समय अपनी अलग पहचान बना लेते हैं—तनावरहित तथा भयमुक्त समय में बादलों की तरह उड़ जाते हैं…और हमारी आँखें उन्हें अनंत में खोजती रहती हैं।

वहीं एक आलीशान से लगने वाले रेस्टोरेंट में मैं कॉफी पीने बैठ गया। दरअसल कॉफी पीना तो एक बहाना था…। मैं तो पुरानी चीजों को खोज रहा था…पुरानी यादों में डूब-उतरा रहा था…। पूछने पर पता चला कि रामरतन गल्ला वाला नवयुवकों के लिए अपरिचित था…वे तो उस रामरतन यादव को जानते थे, जो वहाँ का पार्षद था। जिसका एक रेस्टोरेंट…डेरी तथा किराने की दुकान चल रही थी। गेहूँ के बोरे लेकर फेरी लगाने वाला रामरतन यादव आज पार्षद के साथ-साथ नौदुर्गा समिति का अध्यक्ष भी था। लोगों ने बताया हर वर्ष मस्जिद के पीछे वाले मैदान में नौदुर्गा की स्थापना होती है और नौ दिनों तक मेला लगा रहता है। रात्रि जागरण, कव्वाली, आर्केस्ट्रा…फिल्में तथा और भी कार्यक्रम आयोजित किए

जाते हैं···और मैदान के आगे की मस्जिद से पाँचों वक्त की नमाज की अजान सुनाई पड़ती है। बातों का सिलसिला तब टूटा जब बैरे ने आकर पूछा—"साब, आप कुछ और लेंगे।" मैंने उसकी बात पर ध्यान दिए बगैर पूछा—"तुम्हारे सेठ कब आते हैं?"

"तय नहीं रहता। कभी भी आ जाते हैं।"

"सेठ का काम कैसा चल रहा है?"

"बढ़िया!" बैरा मुस्कराकर बोला।

"सेठ से बोलना कि मैं आया था।" कहकर मैंने अपना नाम, पता तथा फोन नंबर एक कागज पर लिखकर बैरे को पकड़ा दिया। हालाँकि मैं जो बातें उनके बारे में जानना चाहता था···वे तो पता नहीं चलीं···अहमद साहब की, अफजल भाई की···शाहिद की···लेकिन उन सबके बारे में जानने की उत्सुकता लिए लौटते हुए सोच रहा था—इस बस्ती को तो···रामरतन मिल गया था···जिसने खामोश बस्ती को इतने रंग और इतने स्वर दे दिए···जिसने उसके सन्नाटे को तोड़ा था, जिसने बार-बार अपनी जिंदगी दाँव पर लगाई थी, पर हार नहीं मानी थी, जिसकी जलती हुई दुकान के निशाँ अब कहीं नहीं थे···हाँ, उसके दिल की रोशनी हर जगह दिखाई दे रही थी, पर···इस रोशनी के दीये में तेल किसी ने डाला था तो वे थे अहमद साहब···जिनकी आँखों की दिपदिपाती लौ···मेरे मन में आज भी कौंध जाती है।

लकीर

"आइए-आइए! मैंने कितनी बार आपको फोन लगाया और खबर भिजवाई थी कि एक बार आकर आप हमारी दुकान देख लें।" प्रतिभा के चेहरे पर खुशी और उत्साह का भाव छलक आया। अपनी खुद की दुकान होने की गर्वानुभूति! अपनी पहचान का गौरव। अपने आत्मनिर्भर होने का अभिमान। लेकिन एक क्षण बाद ही उसका चेहरा बुझ गया। उसकी उजली हँसी गायब हो गई। आँखें छलछला आईं। मुझसे सामना होते ही वह भावुक हो उठी। भावुकता की वह पतली रेखा उसकी गोल नाक से होती हुई, आँखों से बहने लगी।

"इतने वर्षों का यह सिला मिला मुझे। इस तरह। घर से बेइज्जत करके निकालकर। मुझे फिर वहीं से शुरुआत करनी पड़ रही है। आपने तो अपनी आँखों से देखा है सब कुछ। कितना मुश्किल होता है, स्वयं को समझाना। मैं इनका लड़का होती तो क्या ये उसे सैटिल नहीं करते?" टप-टप टपकते आँसुओं को उसने साड़ी के पल्लू से पोंछा। उसकी बड़ी-बड़ी आँखों में लालिमा उतर आई थी। उसका पति स्टूल पर बैठा था। मैंने नजर उठाकर देखा एक छोटी-सी उदास सूनी दुकान। सीधी-सपाट। रैक्स अलबत्ता बनवा ली थीं, पर आधे से ज्यादा खाली पड़ी थीं। एक तरफ कोर्स की किताबें थीं। दूसरी तरफ अन्य विषयों की हिंदी-अंग्रेजी की मिली-जुली किताबें। बहुत ही सस्ते वाले पेन, पेंसिल, रबर, बच्चों के कंपास।

"देखिए, हमारे पास माल भी नहीं है। न नकद उठाने के लिए पैसा, न उधारी के लिए विश्वास। जो प्रकाशक वहाँ किताबें देते थे, उनको मना कर दिया है। हमारे पास जो जमा पूँजी थी, वह दुकान खरीदने में लगा दी।"

उसकी दो वर्षीय बच्ची उसका हाथ पकड़कर खींच रही थी और पति उसको बहलाने की नाकाम कोशिश कर रहा था। गरमी और उमस के कारण वहाँ बैठना असह्य हो रहा था।

"दुकान तो अच्छी जगह पर है।" मैंने बेमन से कहा।

"अच्छी जगह से क्या, चलनी तो चाहिए? यहाँ पीछे वाली लाइन में कम ही लोग आते हैं।" उसने अफसोस जताते हुए कहा।

"आजकल शो-बिजनेस का जमाना है। एक से एक शानदार दुकानें हैं··· उनके सामने हमारी यह दुकान··· ।"

"तुम्हारा नाम तो है··· । तुमने हिम्मत नहीं हारी और विश्वास रखा। अंतिम विजय तुम्हारी ही होगी। जीतने के लिए तुम्हें लंबी प्रतीक्षा करनी होगी। निश्चय ही यह कठिनाई भरा समय है। कठिन···चुनौतीपूर्ण। तुम्हें लड़ने के लिए तैयार रहना ही होगा। जीतना तुम्हारे लिए चुनौती है···क्या तुम नहीं जानतीं कि तुम आधी पराजित तो उसी समय हो गई थीं, जब तुम्हारे जन्म के बाद···बेटे की आशा में एक और बेटी आ गई थी··· ।"

"जीतकर मिलेगा भी क्या? उन्होंने तो इतना बदनाम कर दिया है कि··· ।" वह मेरी बात को काटते हुए बोली और फफककर रो पड़ी। हमेशा खिलखिलाती हुई प्रतिभा को यूँ रोता देखकर मुझे अच्छा नहीं लगा। मैं जानती थी, उसके भीतर तूफान ठहरा हुआ था। वह अपना दुःख-क्षोभ, अपमान और पराभव को किसी के साथ बाँटना चाहती थी। अपने पक्ष में खड़े व्यक्ति के सामने अपना विश्वास लौटाना चाहती थी। वर्षों से जानती हूँ मैं प्रतिभा को। बी०ए० के बाद आगे की पढ़ाई स्थगित करके अपने पैतृक व्यवसाय में पूरी तरह से स्वयं को लगा दिया था। उसका मानना था कि एम०ए० करके भी वही काम करना है तो क्यों न मैं अपना बिजनेस ही करूँ···पापा कब तक और कितना करेंगे?

किताबों के सिलसिले में ही मेरा उससे परिचय हुआ था। पूरे शहर की गिनी-चुनी नामचीन दुकानों में से एक दुकान! कोई भी पुस्तक चाहिए हो, प्रतिभा से एक बार कहना भर होता था। वह अपनी सीट पर बैठे-बैठे ही नौकर को हिदायत देती···यहाँ नहीं···वहाँ नहीं, तीसरी रैक पर···ऊपर जा···अरे, बुद्धू एक किताब नहीं मिलती···अंकल ठहरिए, मैं लाती हूँ···मैडम, आप लिखवा दीजिए मैं फोन करके आपको बता दूँगी··· । बीच-बीच में वह हँसती जाती···बातें करती जाती···उसके हाथों में जादू था। उसका दिमाग कंप्यूटर की तरह चलता था। कौन-सी किताब कहाँ रखी है···उसको मुँहजबानी याद रहता था। दौड़-दौड़कर वह काम किया करती थी··· । बिल काटना···किताबें रखवाना। ऑर्डर लेना। सारे ग्राहकों से डील करना और कोई भी ग्राहक खाली न लौटे, इस बात का खास खयाल रखना और आज उसी प्रतिभा को यूँ पस्त हाल में देखकर सचमुच मेरा मन क्षोभ से भर उठा।

"तुम्हारे जाने के बाद गुप्ता जी का क्या होगा?" मैं उसे अकसर छेड़ती थी।

"मैं कहाँ जाऊँगी?" वह हँसते हुए कहती।

"शादी नहीं करोगी?"

"अभी तो नहीं। छोटी बहन पढ़ रही है। पहले उसकी पढ़ाई पूरी हो जाए। शादी इसी शहर में करूँगी। पापा को यूँ अकेला छोड़कर थोड़ी न जाऊँगी।" वह अपने पापा को स्नेह से देखती हुई कहती। दुनिया में उसके लिए पापा से बढ़कर कोई न था। मैंने उसका नाम मजाक-मजाक में सेठानी रख दिया था···पढ़ी-लिखी सेठानी।

और एक दिन खबर मिली कि प्रतिभा की शादी हो गई है।

"अब क्या होगा···?" मुझे प्रतिभा के बिना दुकान सूनी-सूनी लगती। दुकान की सारी रौनक ही जैसे खतम हो गई थी···उसकी खिलखिलाहट-भरी गूँजती हुई आवाज···! छोटी कद-काठी के साथ ऊपर-नीचे दौड़ती वह···दुकान में पहली बार मैंने खालीपन देखा था···शायद मेरी तरह और भी लोग उसकी कार्यकुशलता के आदी हो चुके थे···और उसके न होने पर काम की गति में जो अवरोध आ गया था, वह प्रतिभा के अलावा कौन तोड़ सकता था···। दुकान वही थी···किताबें वही थीं···लेकिन प्रतिभा की अनुपस्थिति ने उसके अस्तित्व को हिला दिया था। हर व्यक्ति का अपना अस्तित्व ही मायने रखता है। यह विचार मेरे मन को बार-बार उद्वेलित कर रहा था।

"बिजनेस ठप्प हो गया है···पर क्या करें! नया लड़का रखा है···सीखने-समझने में वक्त तो लगेगा। अपने बिजनेस के पीछे उसे कुँवारी थोड़े न बिठा सकते थे। बहुत चाहा कि लड़का यहीं का मिल जाए, पर संयोग ही न बना···।" गुप्ता जी उदास और थके हुए लग रहे थे।

"हमने तो कभी ध्यान ही नहीं दिया। बड़ी दिक्कत होती है, उसे सब कुछ याद रहता था···।" वे प्रतिभा की कमी को गहरे तक महसूस कर रहे थे।

पिता को व्यवसाय में लगातार घाटा हो रहा था···। ऐसा नहीं था कि काम करने वाले लोग नहीं मिल रहे थे या कोई इतनी जल्दी सीख नहीं सकता था, लेकिन प्रतिभा जिस तरह से काम करती थी और करवाती थी···वह हुनर, वैसी तत्परता किसी में न थी। जब तक लड़के किताब ढूँढ़कर लाते तब तक ग्राहक चला गया होता···। तेज रफ्तार से भागते हुए इस समय में कोई भी इंतजार नहीं करना चाहता था, इसलिए लोगों का आना अपेक्षाकृत कम हो गया था।

इधर प्रतिभा अपनी ससुराल में खुश थी। पति नौकरी में था। उसके लगातार टूर रहते थे। अपने इस नए जीवन को वह सचमुच एंज्वॉय कर रही थी।

"बेटा, कुछ दिन के लिए आ जा।" हर हफ्ते पिता का फोन पहुँच जाता।

"पापा, यहाँ भी तो देखना पड़ता है। बार-बार आना-जाना! पैसे का नुकसान होता है···। ये लोग भी सोचेंगे कि अपने पापा का नुकसान दिखता है।"

"मैं बात करूँ? इंदौर कौन-सी दूर है!"

"पापा, मैंने तभी कहा था कि मेरी शादी बाहर मत करो। आप पर काम का बोझ आ पड़ा है। मुझे आपकी चिंता रहती है। अकेले कैसे सँभालते होंगे। मैं समझ सकती हूँ पापा!"

"ऐसा कर, तू यहीं रहने का मन बना ले। बात करके देख घर वालों से।"

"पापा, यह सब इतना आसान नहीं है। मैं अपने कारण राजेश को वहाँ बुलाऊँ। उनके पेरेंट्स और यह घर···! वे सब क्या करेंगे?"

"माता-पिता को वहीं रहने दे। तू यहाँ एक छोटा-सा फ्लैट ले ले। राजेश यहाँ आते-जाते रहेंगे।"

"पापा, आपने तो कह दिया, पर सोचकर देखो क्या इतना आसान है सब कुछ?"

छह-आठ महीने यूँ ही चलता रहा। प्रतिभा पंद्रह दिन ससुराल में रहती, तो पंद्रह दिन मायके में। आते ही वह दिन-रात दुकान में झोंक देती स्वयं को। पुराना हिसाब-किताब। किताबों की व्यवस्था···। सारी चीजें पापा को समझाती। घाटा देखकर उसका मन दुखी होने लगता···। किताबों का बेतरतीब ढेर। न कोई ढंग से जमाता, न सुव्यवस्थित करने की कोशिश नजर आती!

"एकाउंट्स के लिए अलग से लड़का रख लो?" वह पापा को समझाती, "एक की जगह दो लड़के रखो ताकि कोई ग्राहक लौटे नहीं।"

"एक नहीं चार लड़के रख लें, पर कोई तेरी तरह काम कर पाएगा? तुरत-फुरत···किताबें देना···ग्राहकों को बताना कि कौन-सी किताबें कहाँ हैं···?" पापा असहाय होकर कहते। दो नावों पर सवार प्रतिभा का जीवन अस्त-व्यस्त होने लगा था।

"मैं बात करके देखूँ?" बस में बैठाते हुए गुप्ता जी ने कहा।

"पापा, आपको सबके साथ बात करनी होगी।"

"अच्छा बता, तेरा पूरा परिवार यहीं शिफ्ट हो जाए तो···वहाँ क्या रखा है···?"

"उनका मन टटोलना होगा। उन्हें आश्वस्त करना होगा। वर्षों से जमी-जमाई फैमिली क्या अपनी गृहस्थी छोड़कर यहाँ आ पाएगी? मकान लेना पड़ेगा···! जरा भी परेशानी होगी तो सारा दोष आपके मत्थे मढ़ देंगे।" बात बनती-बिगड़ती

रही···। प्रतिभा उसी तरह आती-जाती रही। हाँ, इस बीच वह गर्भवती हो गई थी···इसलिए उसका आना-जाना कम हो गया था। गुप्ता जी को अच्छा बहाना मिल गया था कि 'पहली डिलिवरी मायके में होनी चाहिए।' कहकर वह अपनी बात मनवाने में कामयाब हो गए थे, लेकिन प्रतिभा के लिए ससुराल का माहौल कुछ गरम और तनावग्रस्त हो गया था।

"पापा टेंशन में हैं।"

"क्यों?"

"वह चाहते हैं कि हम सब वहीं सैटिल हो जाएँ। दो रिश्तेदारों का साथ परिवार को मजबूती ही देगा।"

"इसलिए कि तुम्हारे बिना उनकी दुकान नहीं चल रही है।" राजेश ने हँसते हुए कहा।

"मुझे भी तो काम करना होगा। इससे अच्छा वहीं काम करूँ। मेरी रुचि का काम होगा।"

"पापा चाहते हैं कि तुम भी ये टूर वाली नौकरी छोड़कर उन्हीं के साथ आ जाओ। जैसे जीजा जी करते हैं···।"

"तुम्हारे जीजा जी इंजीनियर नहीं हैं। मेरा दुकान पर बैठना क्या तुम्हें ठीक लगेगा? मैं अपनी लगी-लगाई नौकरी छोड़ दूँ? भले ही मैं प्राइवेट कंपनी में हूँ, पर इसमें मेरा सेल्फ रिस्पेक्ट तो है।"

"वे इसी बिजनेस को बहुत आगे बढ़ाना चाहते हैं, नया शोरूम खोलना चाहते हैं। हो सकता है, आगे चलकर हम अपना पब्लिशिंग हाउस खोल लें।"

"तो तुम करो उनके साथ काम, मुझे क्या लेना-देना।" राजेश ने अपनी बात रखते हुए कहा। वह पिता-पुत्री के बीच नहीं आना चाहता था, लेकिन पिता-पुत्री के तनाव उसके जीवन पर हर पल अपना प्रभाव डाल रहे थे। कहीं कोई बात थी, जो प्रतिभा को पिता की तरफ खींच रही थी।

अंततः प्रतिभा का पूरा परिवार भी यहाँ आ गया। और एक बार फिर प्रतिभा दुकान पर अपनी चिरपरिचित मुद्रा में बैठी नजर आने लगी। आसपास किताबों का ढेर और उनके बीच छोटा-सा सिर निकाले मुस्कराती आवाजें लगाती किताबों के संसार में खोई प्रतिभा। उसकी खनकती आवाज दुकान में गूँजने लगी थी। और दुकान फिर व्यवस्थित नजर आने लगी थी। उसकी नाजुक उँगलियों का स्पर्श पाकर रंग-बिरंगी विभिन्न आकार-प्रकार की किताबें जादुई आलोक बिखेरती···अभिभूत करती नजर आने लगी थीं। लगता था, प्रतिभा और

किताबें एक-दूसरे के लिए बनी हैं।

संभवतः तीन-चार महीने का अंतराल आया होगा, जब मैंने उसे किताबों के ढेर में से किसी किताब को ढूँढ़ते हुए देखा था···फिर आज यह क्या देख रही हूँ। तेजी से बढ़ते मेरे कदम यकायक थम गए। क्या मैं किसी और दुकान में आ गई। मैंने सिर उठाकर पुनः दुकान का बोर्ड पढ़ा। दुकान तो यही है। दुकान के बीच एक किताबों की दीवार बना दी गई है। दुकान दो हिस्सों में बँटी थी। मुश्किल से निकलने का रास्ता बनाया गया था। देखती क्या हूँ, एक तरफ प्रतिभा बैठी हुई थी, दूसरी तरफ उसकी माँ! महाभारत का यह फीमेल ड्रामा!

"यह क्या?" मैं स्तब्ध थी। करीने से सजी रैक अब···ऊबड़-खाबड़ दीवार बन गई थी।

"बँटवारा!" प्रतिभा जोर से हँस दी। उसकी हँसी में व्यंग्य था। खोखलापन था। गहरी वेदना थी।

"यह कैसा बँटवारा! किसके बीच बँटवारा! निकट भविष्य में युद्ध होने वाला है?" मेरा मन खटका।

"मेरे और पापा के बीच!" वह जोर से हँसी।

"मजाक कर रही हो?"

"सच कह रही हूँ मैडम! इधर का हिस्सा मेरा, उधर का पापा का।"

"क्यों?" मैं अब भी आश्चर्यचकित थी!

"शादी जो हो गई है। मैं पराई हो गई हूँ। मेरा परिवार अब वो है, मैं तो सदा से पराए घर की थी। इस सच्चाई को एक्सेप्ट नहीं कर पाई थी, लेकिन आज सबसे बड़ी सच्चाई यही है। पैसे का मामला ऐसा ही होता है···उसमें सगे भी पराए हो जाते हैं, संपत्ति के लिए। लड़के वालों का मैं मजाक बनाती थी। नफरत करती थी, पर आज उसी दलदल में मैं बैठी हूँ।" वह बड़े-बुजुर्गों की तरह बोल रही थी।

"लेकिन नौबत यहाँ तक कैसे आ पहुँची?"

"पापा को हर बात में हिसाब चाहिए होता। बात-बात में टोंका-टाकी करने लगे। अब मैं पापा की आज्ञाकारी बेटी नहीं रही थी। जब इतना ही अविश्वास है तो साथ में काम करना बेकार। पहले तो जिद करके, जोर देकर यहाँ बुलवा लिया, फिर कहते हैं कि नहीं करवाना काम। अजीब तमाशा है···। मैंने कहा, मेरा हिस्सा दे दो। मैं अपने काम के साथ आपका काम भी सँभाले रहूँगी।" छोटी-सी कुर्सी पर धँसी बैठी प्रतिभा की आँखों के चारों ओर काले गड्ढे पड़ गए थे। चेहरा पिचका हुआ लग रहा था। उसका पेट निकला हुआ था और बात करते हुए भी वह हाँफ

रही थी। छोटा-सा पंखा उसके सिर पर चल रहा था। पसीने की बूँदें उसके माथे पर चमक रही थीं। इन दिनों उसे आराम की जरूरत थी, पर वह···अपनी शक्ति से ज्यादा काम कर रही थी।

"मैंने सिर्फ स्कूल-कॉलेज की किताबें ली हैं।" मुझे खामोश देख वह बोली।

"लेकिन मैं सिर्फ तुम्हारी वजह से आती थी यहाँ पर।"

"मैं हूँ तो।" वह फिर खिलखिलाकर बोली, अपनी व्यथा छुपाते हुए। लगा, बादलों के टुकड़े उसकी आँखों में ठहर गए हैं।

"हाँ, अब मैं उधर जाकर आपके लिए किताबें नहीं निकाल सकती। भारत-पाक की सीमा-रेखा बना दी है पापा ने। मैं क्या करूँ···?" उसका गला भर आया था। उसने अपनी बादामी हो गई पलकों से आँसुओं को ढाँप लिया।

"इतनी सख्त पाबंदी!"

"बिलकुल! इंसान का आत्मसम्मान भी कुछ होता है या नहीं! मम्मी सँभाल तो रही हैं।"

पारिवारिक विवाद तो सुने थे। भाई-भाई में, पिता-पुत्रों में। कानूनी लड़ाइयाँ भी सुनी थीं, पर पिता-पुत्री के दरम्यान व्यावसायिक विवाद··मेरे पल्ले नहीं पड़ रहा था। प्रतिभा की आत्मीयता, विनम्रता, काम के प्रति समर्पण भाव मेरे लिए वहाँ जाने का कारण था, अन्यथा पुस्तकें तो कहीं से भी खरीदी जा सकती थीं। दूसरी तरफ गई तो देखा ऊँची-सी कुर्सी पर उसकी माँ विराजमान थीं। चौड़ा भरा हुआ चेहरा। ऊँचा माथा। बड़ी-सी बिंदी। सीधा पल्लू। तनाव से खिंचा गोरा चेहरा, कसी हुई चूड़ियाँ और अँगूठियों से भरी उँगलियों में थमी कलम जो बार-बार इधर-उधर गिर जाती थी। ग्राहक किताबों के बारे में पूछते तो वह लड़के पर हुकुम चला देती या स्वयं देख लेने का आग्रह करती। लड़का किताबें लाकर देता··फिर वह बिल बनाती, जिसमें कमीशन का हिसाब गड़बड़ा जाता। ग्राहक उन्हें खुद समझाता··हिसाब बनवाता··फिर वह लॉक वाली टेबल की ड्राअर खोलती। आराम से पैसे निकालती, रखती या वापस करती··इतनी देर में ग्राहक ऊबकर··समय बर्बाद हो गया, सोचकर दस बार इधर-उधर देखता···'जल्दी करिए'···कहता हुआ··झुँझलाता···।

"गुप्ता जी कहाँ हैं?" मैंने अस्त-व्यस्त··बिखरी किताबों की तरफ क्षोभ-भरी निगाहें फेंकते हुए पूछा।

"बीमार हैं।"

"क्या हो गया?"

"बस, ऐसे ही बुखार...कमजोरी...! रात-दिन काम में लगे रहते हैं। आँखों में भी कुछ तकलीफ है।"

"प्रतिभा सँभाल लेती थी तो आप लोगों को आराम था...।" मेरी इस बात से वह एकदम सतर्क हो गई, फिर कुछ रुककर बोली, "अब तो उसे अपना-अपना दिखता है। सयानी हो गई है। ससुराल वाले सगे हो गए हैं। माँ-बाप का क्या, मरें या जिएँ।" वह क्षोभ तथा वेदना से भरकर जोर-जोर से खिसियाकर बोले जा रही थी। समझ में नहीं आ रहा था कि माँ का हृदय अपनी उपेक्षा से दुखी था या प्रतिभा द्वारा अपने ससुराल वालों का सपोर्ट करने से।

"वह तो अच्छी बात है कि वह ससुराल वालों को पटाकर चल रही है। बचपन से लेकर बड़े होने तक लड़कियों को यही तो सिखाया जाता है कि ससुराल जाना है। उनसे पटाकर चलना है...माँ-बाप का घर तो पराया होता है। 'बेटी को पराए घर की लड़की' कहा ही गया है...इस परंपरागत पराएपन को अपनाने में इतनी तकलीफ क्यों!"

"लेकिन इसका मतलब यह तो नहीं कि माँ-बाप को ही ठिकाने लगा दो। उनके मरने के पहले ही उनकी अरथी तैयार कर दो। पुराने जमाने में लोग इसीलिए तो लड़कियों को हिस्सेदार नहीं बनाते थे और चार गाँव दूर ब्याहते थे। लड़के तो मरने तक इंतजार करते हैं, लेकिन लड़कियाँ तो जीते-जी मार डालने में भी संकोच नहीं करतीं।" वह कटाक्ष पर कटाक्ष किए जा रही थीं। उनकी बातों में कसैलापन तो था ही, आवाज में भी विक्षोभ भरा था।

"सारी लड़कियों को एक जैसा नहीं माना जा सकता है। लगता है, आप प्रतिभा से नाराज हैं।"

"नाराज नहीं, दुखी हूँ। बदनसीब हूँ। दुनिया में ऐसी लड़की होगी, जो ससुराल वालों से अपने बाप को पिटवाए। मेरा सुहाग छीनने की कोशिश की है उसने मैडम जी!"

"क्या? प्रतिभा ऐसा नहीं कर सकती। मैं नहीं मानती।"

"तो क्या मैं झूठ बोल रही हूँ...वैसे आप क्या कोई भी नहीं मानेगा?"

"वह ऐसी नहीं है। जरूर कोई और बात होगी।"

"मैं अपनी लड़की को अच्छे से जानती हूँ या आप...?" उन्होंने तीखी आवाज में कहा।

"आखिर बात इतनी कैसे बढ़ गई?" आखिर मुझे पूछना ही पड़ा।

"इसी दुकान के कारण। वह बैठी तो है आप पूछ लें। जैन मंदिर पर ऐसा

तमाशा हुआ कि···।" कहकर वह अपनी आँखें पोंछने लगीं। फिर स्वयं को सँभालकर बोलीं, "इसके सास-ससुर ने पहले तो पुलिस में झूठी रिपोर्ट लिखवा दी। गुप्ता जी से कुछ कहा-सुनी हो गई तो दामाद और समधी ने मिलकर उन्हें बुरी तरह से पीट दिया। गुप्ता जी इस सदमे और अपमान को सहन नहीं कर पाए। तभी से अस्पताल में पड़े हैं···।" बार-बार अपना पल्लू सँभालती और आँचल से आँसू पोंछती मिसेज गुप्ता बेहद विचलित दिखाई दे रही थीं। अपमान का घाव रिस रहा था।

"यह तो बहुत बुरा हुआ। गुप्ता जी जैसा सीधा सज्जन आदमी जो कभी किसी से जोर से न बोलता हो···फिर घर का मामला सड़क पर आ जाए···। घटिया स्तर पर उठाकर इस तरह तमाशा करना, पुलिस और कोर्ट तक पहुँचना···" मैं हतप्रभ थी।

"अरे, हमारे मरने का इंतजार तो किया होता—हम तो देते ही···कोई हमारा लड़का तो है नहीं···और इंसान छाती पर रखकर तो ले नहीं जाता···पर अभी से हमें तुम निष्कासित कर दो तो हम लोग कहाँ जाएँगे···क्या करेंगे···हमें भी तो जिंदा रहना है···छोटी लड़की की शादी करनी है।" उनका क्षोभ···व्यथा में डूबी आँखें···प्रतिभा का निश्छल चेहरा, उनकी सफेद पड़ती आँखें···उसका निष्कलुष व्यवहार···उसकी निष्कपट हँसी, मेरा मन मानने को तैयार न था···कि प्रतिभा ऐसा निर्दय कदम उठा सकती है या ऐसी ओछी हरकतें करवा सकती है—जिस लड़की ने अपनी पढ़ाई इस व्यवसाय के लिए छोड़ दी हो, जो शादी के बाद भी अपनी खुशियों तथा जिम्मेदारियों को दरकिनार कर पिता का भार हलका करने के लिए आती-जाती रही हो, जिसने पिता की खातिर अपने ससुराल वालों को घर तथा शहर छोड़ने के लिए राजी किया हो···वह ऐसा करेगी···? क्या ससुराल वालों के कहने पर प्रतिभा ऐसा कर रही है? उसका दिमाग तो नहीं फिर गया? बहकावे में तो नहीं आ गई? कहीं वे लोग तो पैसे की माँग नहीं करते। मेरा मन कड़वा हो गया था और व्यथित भी। लोग कहेंगे लड़कियाँ ऐसी ही होती हैं, जैसी प्रतिभा। लड़कियों के साथ ही ऐसा क्यों होता है···पौराणिक काल से लेकर आज तक··· सदियों से लेकर अब तक महाभारत में द्रौपदी को अपमानित होना पड़ा था··· पुरुषों की महत्त्वाकांक्षाओं, सत्ता-शक्ति···मान-अपमान-अभिमान के कारण पतियों द्वारा जुएँ में हारकर भरी सभा में निर्वसन द्रौपदी होती है, तो उधर रावण द्वारा हरण की गई सीता को राम ने निर्वासित कर दिया···तो अहल्या को पत्थर बनना पड़ा···। लड़कियाँ ही बनती हैं कारण। शिकार! समय, समाज और व्यवस्थाओं के

बीच फँसी ये लड़कियाँ! और आज मैं प्रतिभा को देख रही थी, जो अपने पिता के दुःख और अपमान का कारण मानी जा रही थी। जबकि असली कर्ता उसके पिता थे···उसने तो कठपुतली बनने से इनकार कर दिया था और यही दुःख का कारण था।

फिर भी मेरे मन में संदेह और जिज्ञासा थी। सच्चाई की तह तक पहुँचने की चाह थी। दूसरा मन कहता मैं कौन होती हूँ उनके बीच में पड़ने वाली। मुझसे तो दोनों ही अच्छी तरह से मिलती हैं। बात करती हैं··· । मुझे किसी को लेकर परेशान होने या बुरा मानने की क्या जरूरत है?

करीब दो माह पश्चात् फिर अपने काम के सिलसिले में वहाँ से निकलना हुआ तो दुकान की तरफ मेरे कदम अनायास ही बढ़ते चले गए। दुकान बंद थी। ताला लगा था। सील बंद। शटर पर एक कागज चिपका था, जिस पर लिखा था—कृपया ग्राहक नए पते पर संपर्क करें।

"क्या हो गया?"

"कोर्ट ने ताला लगा दिया है।"

"क्यों?"

"बेटी ने मुकदमा जो ठोंक दिया है, अपने हिस्से के लिए।" बगल वाले दुकानदार ने किंचित् हँसते हुए कहा। आसपास खड़े तीन-चार आदमी भी उसकी हाँ में हाँ मिलाने लगे।

"अपने अधिकार के लिए आजकल पढ़ी-लिखी लड़कियाँ कोर्ट तक जाने लगी हैं।" दुकानदार ने कुटिलता से कहा। लगा, वह प्रतिभा के बहाने सारी लड़की जाति पर कटाक्ष कर रहा था···

"पिता का भी तो दोष रहा होगा।" मेरे मुँह से अनायास निकल पड़ा।

"पिता जीते-जी अपनी संपत्ति कैसे दे देते!" वह वाक्य को खींचते हुए बोला। समझ गई। पक्ष पिता का मजबूत था। समर्थन भी पिता को मिला हुआ था और सहानुभूति भी। दोषी लड़की थी। घृणा लड़की के प्रति थी। व्यंग्य लड़की के लिए था।···पारिवारिक लड़ाई का मजाक सार्वजनिक रूप से उड़ाया जा रहा था।

सत्य जानने की प्रबल उत्सुकता लिए मैं लिखे हुए पते पर जा पहुँची। और किसी का मामला होता तो शायद मैं···वहीं से लौट पड़ती। चूँकि प्रतिभा का मामला था और उसके लिए यह सब सुनना जैसे मेरे अस्तित्व पर ही सवालिया निशान लगा रहा था। पता नहीं उस दुकानदार की बातें मुझे अपने ऊपर चुभती

क्यों लग रही थीं··· । शहर-भर में चर्चा रही। कोर्ट-कचहरी तक मामला पहुँचा और मैं अनजान रही।

जब हम दिए गए पते पर पहुँचे तो दोपहर के तीन बज रहे थे। धूप तीखी थी। गरमी के कारण पसीना-पसीना हो रहे थे। बाहर बड़ा-सा पेड़ लगा था और उसी पर दुकान के नाम का कागज चिपका हुआ था। बैठक में बड़े-बड़े रैक रखे थे बेतरतीब-से! कहीं किताबों का ढेर था तो कहीं पत्रिकाओं का। किताबें न हों गोया कचराघर हो।

"यह सब···!"

"क्या बताएँ साहब!" मैंने देखा गुप्ता जी सूखकर आधे रह गए थे। दाढ़ी बढ़ी हुई। आँखें अंदर धँसी। मुँह से आवाज नहीं निकल रही थी। चिंता और अपमान आदमी को इस तरह जला देता है···जैसे आग की लपटों से झुलसा हुआ हरा-भरा वृक्ष।

"आखिर यह सब क्यों हुआ?"

"क्या बताएँ! औलादें जो न करवाएँ!" गुप्ता जी कराहती हुई आवाज में वितृष्णा से बोले।

"सिर्फ औलादें ही दोषी होती हैं?" शैलेष ने उलटवार किया।

"ऐसी लड़की होगी दुनिया में? संपत्ति के लिए पिता को कोर्ट में खड़ा कर दिया!"

"संपत्ति के लिए नहीं, अपने हक के लिए, अपने हिस्से के लिए। आप क्या चाहते थे? ईमानदारी से सोचकर बताएँ! क्या उसे अपने पति तथा परिवार को छोड़ देना चाहिए? अपने परिवार की जिम्मेदारी वह कैसे निभाए। वह दुबारा किसके कहने पर और क्यों लौटी? मान लीजिए, वह सबको छोड़कर आ भी जाती तो क्या आप उस पर विश्वास करते? आप उसके काम से खुश रहते। संदेह का कीड़ा आपके भीतर है गुप्ता जी! आपकी नीयत में खोट है। आपको बेटी का दर्द नहीं दिख रहा है। आपने उसे एक प्रतिस्पर्द्धी की तरह देखना शुरू कर दिया है। आप चाहते हैं कि वह पहले की तरह सिर्फ आपके लिए कमाए। काम करे।" शैलेष गुप्ता जी के भीतर झाँकने की कोशिश कर रहे थे।

गुप्ता जी ने एक लंबी साँस भरी और खामोशी से इधर-उधर देखने लगे।

"इस लड़ाई में लाखों रुपए का नुकसान हो गया। कोर्ट ने ताला लगा दिया है। हाथ पर हाथ धरे कब तक बैठे रहते। जिंदा तो रहना है, इसलिए जैसा भी बन पड़ा है, यहीं से काम शुरू कर दिया। बिक्री तो ठप्प है। गोदाम में जो किताबें पड़ी

थीं—उन्हीं से काम चला रहे हैं। हमारा ही निर्णय हमारे पाँव पर कुल्हाड़ी का वार कर बैठा।"

"यही सब आपका लड़का करता, तब क्या करते आप? आजकल लड़के भी तो माँ-बाप को लात मारकर निकाल देते हैं। चूँकि प्रतिभा लड़की है, इसलिए आपने सारी बातों को दिल पर ले लिया है। क्यों नहीं आपने एक लड़के की तरह उसको सैटिल किया, उसका हिस्सा दिया?"

"दे तो दिया था?"

"क्या?"

"शादी में खर्च किया। नकदी दी थी। जेवर दिए।"

"यह सब क्या लड़के की शादी में खर्च नहीं होता? बहू को जेवर नहीं चढ़ाते आप?"

"बहू का जेवर तो अपने ही घर में लौटकर आता है!" गुप्ता जी नजरें चुराकर बोले।

"वाह गुप्ता जी, वाह! यहीं आकर आपकी सोच और संकीर्ण दृष्टि का पता चलता है। प्रतिभा के अंदर आपने कभी असुरक्षा का भाव देखने की कोशिश की? उसकी मेहनत का हिसाब लगाया? उसके उन वर्षों को गिना, जो उसने इस दुकान में लगाए थे?

"उसे इतना बारीकी से क्यों सोचना था, आखिर में तो इन्हीं सबको मिलना था···यह सब।"

"कब? जब आप मरते तब न और अभी आपको तीस साल तक कुछ नहीं होना है। तब तक वह आपके यहाँ नौकरों की तरह काम करती रहे। ससुराल वालों के ताने सुनती रहे!" शैलेष रोष में बोले।

"लेकिन यह सब···बदनामी हुई सो···। पैसा बर्बाद हुआ···कब कोर्ट फैसला सुनाएगा और कब···दुकान खुलेगी···?"

"आप ही जिम्मेदार हैं इसके लिए। कभी आपने पहल की, अपनी तरफ से?"

"हमारे मन से वह निकल चुकी है। इससे अच्छा तो हम बेऔलाद होते।" श्रीमती गुप्ता ने तड़पते हुए कहा।

प्रतिभा चारों तरफ से कठघरे में खड़ी थी। वह पत्थर की तरह कठोर थी। बेईमान थी···धोखेबाज थी···अपने पिता की दुश्मन थी···विरोधी थी···परिवार का सर्वनाश चाहती थी···पूरा समाज उसे इन्हीं विशेषणों से अलंकृत कर रहा था। उसे

चारों तरफ से कुचला तथा दुत्कारा जा रहा था, गिराया जा रहा था। खड़े होने के पहले ही उसकी रीढ़ की हड्डी पर चोट की जा रही थी ताकि वह जीवन-भर खड़ी न हो सके और आत्मग्लानि में डूबकर भाग जाए या आत्महत्या कर ले...।

"ये किताबें आपके पास कहाँ से आईं?"

"गोदाम में पड़ी थीं।"

"और प्रतिभा के हिस्से की।"

"दुकान में बंद हैं।"

"तो वह क्या कर रही है?"

"हमें क्या पता?"

"आपको नहीं पता?"

"भाड़ में जाए या चूल्हे में। हम जीते-जी उसका चेहरा नहीं देखना चाहते हैं। उसके लिए हम मर गए और हमारे लिए वह!" मिसेज गुप्ता ने घृणा से मुँह बनाते हुए कहा...। क्या वे वही माँ-बाप हैं, जिन्हें मैंने पहले देखा था। इनकी सज्जनता के भीतर इतनी कालिख और कठोरता! अपने को सही सिद्ध करने में तर्क पर तर्क दिए जा रहे थे गुप्ता जी और उनकी पत्नी। फिर महीनों तक मेरा जाना नहीं हो पाया। एक आदर्श, प्रतिष्ठित, धार्मिक परिवार का ऐसा पतित रूप देखकर मन क्षोभ से भर गया था। प्रतिभा के प्रति उनका कठोर रवैया भी मुझे उद्वेलित करता रहा।

लेकिन आज प्रतिभा फिर मेरे सामने थी। उसी तरह हँसते हुए उसने स्वागत किया था। मगर वक्त ने उसे परिपक्व बना दिया था। उसके चेहरे पर बीती जिंदगी की छाप थी। उदासी थी। उद्विग्नता थी। माथे पर चिंता की लकीरें थीं। इंसान बाहर वालों से हार भी जाए तो इतना नहीं टूटता, जितना कि अपनों से जीतकर।

"पापा-मम्मी से मिली थीं आप?"

"बहुत पहले।"

"क्या कह रहे थे?"

"क्या कहेंगे?"

पता नहीं कितनी देर तक हमारे बीच बेचैन खामोशी पसरी रही। हम लोग इधर-उधर देख रहे थे...बात करने का बहाना ढूँढ़ रहे थे...। ऊपरी तौर पर सतही लगने वाली लड़ाई गंभीर मुद्दे छुपाए हुए थी, जिन्हें सिर्फ पारिवारिक या व्यक्तिगत कहकर नहीं छोड़ा जा सकता था।

"मैडम, आप यकीन कर सकती हैं···कि माँ-बाप भी इतने कठोर हो सकते हैं?" प्रतिभा ने मेरे चेहरे पर निगाहें गड़ाकर कहा। संभवतः वह अपनी स्थिति साफ करना चाहती थी। "मेरी गोद में साढ़े तीन माह की बच्ची थी। इस बच्ची का खयाल किए बगैर मुझे घर से निकाल दिया था। बाकायदा धक्के देकर। मेरे नाम जितना पैसा जमा था। सैलरी के नाम पर वह भी ले लिया था। यह कहकर कि तुम्हारे लिए दुकान खरीद देंगे···मेरी खातिर इनका परिवार भी यहीं आ गया था। किराए का मकान लेना पड़ा। फिर इनकी भी नौकरी छूट गई···जब दुकान का बँटवारा हुआ तो हम लोगों ने सोचा कि दोनों मिलकर इसी बिजनेस को आगे बढ़ाएँगे? राजेश मैनेजमेंट का काम देखते थे···। मैंने पापा से कहा कि राजेश को जितनी सैलरी कंपनी देती थी, उतनी तो मिलनी चाहिए। उसके लिए भी तैयार न हुए···फिर तो छोटी-बड़ी बातें बढ़ती गईं। कहने को तो बहुत मामूली और टुच्ची बात लगती है, लेकिन मेरे पापा ही मेरा हक छीन रहे थे। उनमें प्रतिस्पर्द्धा की भावना आ गई कि कहीं हम लोग उनसे आगे न निकल जाएँ। मुझसे कहते कि मैं अपने ससुराल वालों को बहका रही हूँ···कभी कहते तेरे ससुराल वाले तेरा दिमाग खराब कर रहे हैं···। इन्हीं बातों पर विवाद बढ़ता गया···तो उन्होंने इतनी गिरी हुई हरकत की कि मुझे बताने में भी शर्म आती है।" वह कुछ क्षण के लिए रुकी फिर बोली—"पापा का वह रूप देखकर मैं शर्म से गड़ गई थी! इतना बड़ा आदमी और ऐसा झूठ! राजेश और उनके मम्मी-पापा की शिकायत कर दी कि वे दहेज माँग रहे हैं···मुझे तंग कर रहे हैं···। मैंने इन लोगों के खिलाफ बयान नहीं दिया तो नाराज हो गए···। आखिर मैं झूठ क्यों बोलती! उन्हें लगता रहा कि मैं उनकी लड़की हूँ तो हर हाल में उन्हीं का साथ दूँगी, लेकिन जब मैं नहीं मानी तो धक्का देकर निकाल दिया था। तब ये लोग मेरे वचाव में आए। मैडम, हम लोगों के जीवन-मरण का सवाल था···। हम लोग सड़क पर आ गए थे। एकदम बेकार! जब सारी स्थितियाँ हाथ से निकल गईं तब मुझे ही आगे बढ़कर अपने लिए लड़ना जरूरी लगा। मेरे साथ चार लोगों का जीवन है। सभी का भविष्य जुड़ा है। कहाँ जाते? क्या करते? उन्हें तो चौबीस घंटे का फ्री का आदमी चाहिए था···मेरे रूप में जो तीन आदमियों का काम एक साथ करता था। इसके बाद भी वे शांत नहीं रहे, बल्कि इन्होंने तो वहाँ भी चालाकी से काम लिया। चुपचाप रातोरात गोदाम में से किताबें निकाल लीं। आपने देखा वहाँ जाकर।" उसकी बच्ची उसके पीछे लगातार उसे खींच रही थी···गर्मी के कारण वह बेचैन थी···। शायद प्यासी भी।

"किसी तरह हम लोगों ने यह दुकान खरीदी और इसी को जमाने की

कोशिश कर रहे हैं। मैडम, चाहे कितने भी कानून बन जाएँ। लड़कियों के लिए माता-पिता की संपत्ति में हिस्सेदारी का कुछ नहीं मिलने वाला। सदियों से चला आ रहा यह समाज है न···यह इन कानूनों को भी ताक पर रख देता है···हर युग में मनु जिंदा रहते हैं—चाहे वह पिता के रूप में हो या अन्य रूप में।" प्रतिभा आँसू पोंछते हुए बोली।

सचमुच सब कुछ सूना-सूना लग रहा था···। खाली दुकान। बिखरा सामान! प्रतिभा का यूँ खड़े-खड़े रोना···उसे इस रूप में मायूस और हताश देखना। माता-पिता का ऐसा निर्मम व्यवहार···।

और इधर व्यवसायी पिता ने मैजनीन फ्लोर पर (जिस पर कोर्ट ने ताला लगाया हुआ था, उसी के ऊपर) एक शानदार खूबसूरत दुकान बनवाकर अपने व्यापार को दुगुना बढ़ा लिया था। कंप्यूटर पर लिस्ट बनाई जा रही थी। जब कोई प्रतिभा के बारे में पूछता तो वह अपनी लड़की द्वारा किए कोर्ट केस को बताना नहीं भूलते। वह यह भी न भूलते कि उनकी लड़की अपने ससुराल वालों के साथ मिलकर अब मकान पर हक माँग रही है। देखा जाए तो इस बूढ़े होते पिता को तात्कालिक सहानुभूति तो मिल ही जाती थी और जानते हुए भी कि यह समाज, रिश्तेदार, परिवार प्रतिभा का कदाचित् साथ नहीं देगा···फिर भी वह अपने अस्तित्व के लिए संघर्ष करती रहेगी—"मैं हार नहीं मानूँगी।" प्रतिभा कह रही थी—"अपनों द्वारा किसी आदमी का कैरियर बर्बाद होते देख दिल जलता है। मैडम, मैं धोखेबाज नहीं हूँ, न मम्मी-पापा की विरोधी। फिर भी मैं अपने अस्तित्व और आत्मसम्मान के लिए अंतिम समय तक लड़ूँगी। यह मेरा अपना सत्य है··· मेरा संघर्ष है—मेरी लड़ाई है···उसका अंत क्या होगा, हार या जीत···?"

लौटते हुए मुझे प्रतिभा की आँखों में आँसू दिख रहे थे, पर उसका आत्मविश्वास भी ढाढ़स बँधा रहा था। आकाश में बादल उमड़ आए थे। तेज हवाओं के साथ बूँदाबाँदी होने लगी थी···प्रतिभा एकटक आकाश की तरफ देख रही थी···उसके भीतर चलने वाली तेज हवाओं का शोर शायद बाहर की हवाओं में खो गया था···।

□□